대전문학과 그 현장
(하)

'대전문학'의 역사적 의의

박 명 용

(시인·대전대 교수)

'대전문학'이 이 땅에 뿌리를 내린 것이 1935년이니 올해가 꼭 70주년이 된다. 결코 짧은 역사가 아니다. '대전문학'은 이 긴 세월 동안에 수많은 우여곡절을 거치면서 발전을 거듭, 한국문학사에서 한 획을 긋는 성과를 거두었다.

오늘날 '대전문학'이 시, 소설 등 각 장르에 걸쳐 한국문학사에서 빼놓을 수 없는 위치에까지 성장하게 된 것은 '지방' 또는 '신흥도시'라는 한계에도 불구하고 그 동안 많은 선배문인들이 문학의 역사를 착실히 만들어 왔기 때문이다. 이러한 역사는 곧 오늘의 '대전문학'을 존재케 한 반석이 되었다는 점에서 그 의의는 매우 크지 않을 수 없다.

이럼에도 '대전문학'의 근간이 되어온 역사적 자료는 뿔뿔이 흩어지거나 없어져 그 실체마저 잊혀져 가고 특히 오류가 오류를 낳는 경우까지 발생하고 있는 것이 오늘의 실정이다. 그래서 더 늦기 전에 '대전문학'의 역사적 현장과 그 내용을 총정리하여 보전하고 '대전문학'의 궁지를 살려 미래 '대전문학'의 발전에 기어도록 해야 한다는 문학적 당위성에 이 책의 간행 목적이 있다고 하겠다.

여기에서는 문학사와 문단사를 분리하지 않고 통합하여 의미 있는 '현장'을 찾아 수록했으며 특히 그 동안 기정사실화 된 오류를 바로 잡는 데 중점을 두었다. 그러나 이 책이 '대전문학'의 총체라고는 할 수 없다. 그것은 많은 자료의 유실로 그 실체를 확보하기 어려워 여기에 수록된 내용 외에 문학적 가치가 있는 자료가 상당히 누락되었을 수도 있기 때문이다.

이 하권의 편집내용은 1981년부터 2004년까지 (1) 작고 문인 (2) 효시 (3) 주요 문학활동 등 사적 가치가 있다고 판단되는 사항에 중점을 두었다.

자료유실이라는 한계에도 이렇게 책이 간행된 데에는 자료를 제공해 주신 작고 문인 유가족들과 문인 여러분의 도움이 있었기에 가능했다. 이 자리를 빌어 감사를 표하며 '대전문학과 그 현장'을 보존할 수 있도록 배려해 준 대전광역시에 감사의 마음을 표한다.

목차

대전문학과 그 현장

■ **보기**

1) 사진자료수록 기간은 1981년부터 2004년까지

2) 작고문인 위주의 정리

3) 단체 위주의 내용

4) '대전문학'의 효시와 문학사 및 문단사적 가치가 있다고 판단되는 내용

5) 기타 '대전문학'에서 간과할 수 없는 내용

6) '대전' 외적 지역에서의 '효시' '활동' 등은 제외

대전문학과 그 현장
(하)

▲ 가람문학회《가람文學》창간호(1980. 10)

▲ '충남현역시인과의 대화' 팸플릿(1981. 3)

▲ 충남문협 1981년도 정기총회(회장·최원규)(1981. 4)

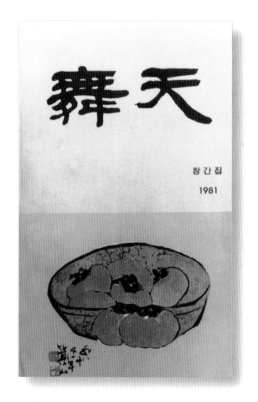

▲충남문협 현판을 걸며(회장·최원규). (왼쪽부터 신종갑 (작고), 이덕영(작고), 최원규, 안영진, 손기섭, 백용운) (1981. 4)

▲《舞天》창간호(1981. 9)

▲ 충남문협 시화전 개막(왼쪽부터 안영진, 최원규 시인 등)(1981. 10)

▲ 제1회 충남문학상 시상(최원규 회장으로부터 상을 받는 김정수 시인 내외)(1981. 11. 7)

▲ 유성에서(왼쪽부터 한용구, 이장희, 김윤성, 한성기,
변재열 시인)(1982. 3)

▲ '내 고장 현역시인 초대 시낭송회' 팸플릿
(1982. 3. 27)

▲ 진잠에서(왼쪽부터 김윤성, 한성기, 김순일, 이장희 시인)(1982. 8)

◀한성기 시인의 시선집 『落鄕以後』(1982. 9)

▲한성기 시인의 제1회 조연현문학상 수상식장에서 (왼쪽부터 박명용, 한성기,
한병호 시인)(1982. 11)

13

▲한성기 시인과 함께(김순일, 이장희, 오완영, 박명용, 김석환, 이관묵 시인 등)(1982. 11)

▲《詩心》 창간호(1982. 11)

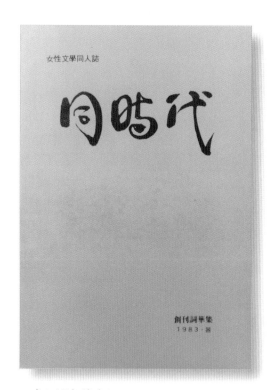

▲《同時代》 창간호(1983. 2)

◀박희선, 김대현, 윤갑병 시인의 송수 기념
시집 『同行의 祝杯』(1983. 8)

▲김대현 시인 시문선 『보리수』『靑紙 한 장』『불타의 발자욱』(1983. 8)

15

▲신정식 시인 '대전 시민의 상'을 받고(1983. 11)

▲정훈 시인과 김대현 시인(1983. 10)

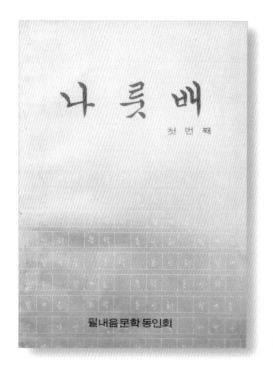

◀필내음문학동인회 《나룻배》 창간호(1984. 2)

▲충남시인대표작선집『詩여 바람이여』(1984. 4)

▲《傳統詩》 창간호(1984. 9)

▲박용래 시인의 시선집『먼 바다』(1984. 11)

▲김가린 시인의 유고시집『학』(1984. 12)

17

▲《신인문학》 창간호(1985. 1)

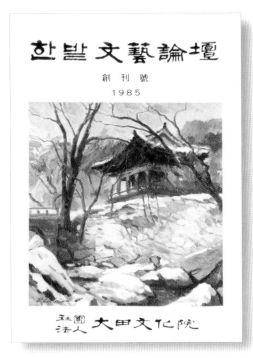

▲《한밭문예논단》 창간호(1985. 4)

▲《原始林》 창간호(1985. 4)

▲박용래 시인의 수상집 『우리 물빛 사랑이
풀꽃으로 피어나면』(1985. 11)

忠南詩壇 · 1

흘러라 금강이여

金大炫　任剛彬　崔元圭　趙南翼
洪禧杓　金丁洙　羅泰柱　池光鉉
金明培　李大永　孫基燮　崔文輝
朴正煥　權善玉　殷基昌　慎　協
丘在期　孫鐘浩　鄭眞石　姜信龍
李憲錫　金明洙　李炳鮮　朴尙一
崔松錫　崔文桓

내일을 위한 충남시단의 반성

詩文學社

◀충남시단『흘러라 금강이여』(1986. 11)

호서문학제12'ㅣㅂ 및 회원저서 합동

1986 . 11 . 29

▲호서문학회 합동출판기념회(박희선, 김대현, 이규식, 김용재, 김수남, 신정식, 최학 소설가 등)(1986. 11. 29)

▲ 신기훈 시인의 시조집 『淡水의 정』(1987. 4)

▲ 한밭시조문학회 《그 아침에 심은 나무》 창간호
(1987. 7)

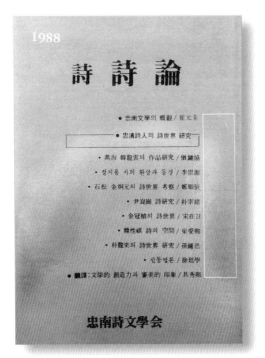

▲ 충남시문학회 《詩·詩論》 창간호(1989. 12)

▲ 대전예총의 《대전예술》 창간호(1989. 3)

▲ 대전직할시문협창립총회(1989. 4. 23)

▲시인학교에서 열강하는 최원규, 성춘복, 조남익 시인

▲해변시인학교(교장ㆍ조남익) 개설(서천ㆍ춘장대) (1989. 8. 5)

▲ 임강빈 시인이 요산문학상을 수상하고(1989. 11)

▲ 대전문협의 『대전시단』(1989. 12)

▲ 대전직할시의 《한밭솔뫼》 창간호(1990. 3)

▲ '대전문학 진흥의 밤' 행사에서 축사를 하는
정한모 시인(1990. 6. 27)

▶제1회 한밭애향시화전에서(왼쪽부터
이봉학 대전직할시장과 조남익 대전
문협회장)(1990. 9. 16)

◀'만해 한용운시비' 제막(보문산 사정공원)(1990. 10. 9)

▲ 대전문협(회장·김용재)의 '대전문협회보'
　　창간호(1991. 4. 10)

▲《해정문학》 창간호(1991. 8)

▲『권선근 문학선집』(1991. 11)

▲《등대문학》 창간호(1992. 6)

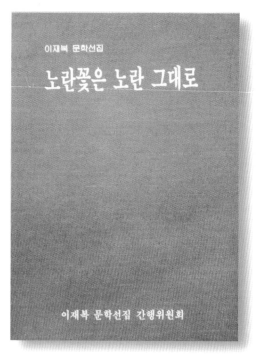

▲《저 나무에 마음이 깊어》창간호(1992. 7)

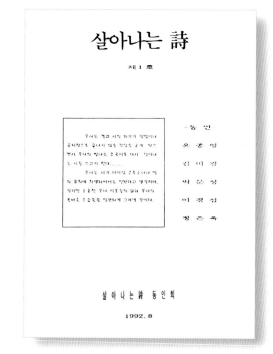

▲《살아나는 詩》창간호(1992. 8)

▲ 이재복 문학선집『노란꽃은 노란 그대로』
(1992. 12)

▲《詩想》창간호(1993. 1)

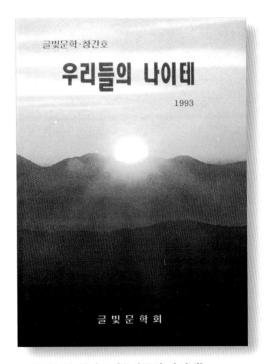

▲ 글빛문학 창간호 《우리들의 나이테》
(1993. 2)

▲ 대전·충남여성문학회 《여성문학》 창간호
(1993. 4)

▲ 송유하 유고시집 『꽃의 民主主義』(1993. 7)

▲ 대전소설가협회 『우리는 서로 鬥이다』
(1993. 7)

27

▲이덕영 유고시집『푸른 것이 더 푸른 날』
(1993. 7)

▲대전EXPO 기념사화집『한빛탑과 별무리의
노래』(1993. 7)

▲한국시조시인협회 문학세미나(김대현, 유동삼, 이도현, 이용호 등)(1993. 8. 14)

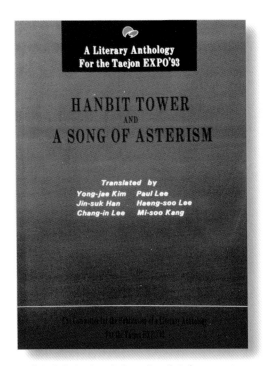

▲『한빛탑과 별무리의 노래』 영문판(1993. 8)

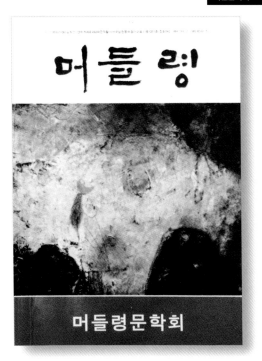

▲《머들령》 창간호(1993. 9)

▲한성기 시선집 『새와 둑길』(1993. 9)

▲박용래 시선집 『저녁 눈』(1993. 10)

▲ '김관식시비' 제막(보문산 사정공원)(1993. 10. 22)

▲《풍향계》창간호(1993. 10)

◀신인문학《한밭의 빛 속에서》창간호(1993. 10)

▲ 계간 《오늘의 문학》창간호(1993. 11)

▲ 다솜 《홀씨마냥》창간호(1993. 11)

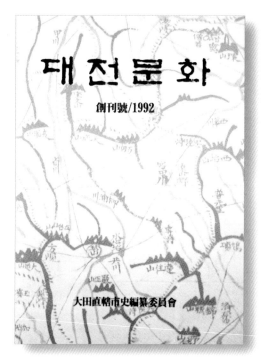

▶대전직할시시사편찬위의《대전문화》
　창간호(1993. 12)

▲이재복 시선집 『靜思錄抄』(1994. 1)

▲대전문협 현판을 걸고(1994. 3. 5)

▲대전문협 시화전에서(왼쪽부터 박명용, 박희선, 김대현 시인)(1994. 4)

▲대전문학 문학기행(부여 신동엽시비에서 왼쪽부터 박명용, 신용협, 박희선, 최원규, 조남익,
김영배, 김정수, 구상회 시인 등)(1994. 4. 17)

▲부여 신동엽 생가에서(1994. 4. 17)

▲ 제12회 한밭백일장(서대전광장)(1994. 5. 22)

◀작가 최상규 작고(1994. 6. 16)

▶대전가톨릭문우회 《사랑의
  눈으로 보면》 창간호(1994. 6)

35

▲《큰시》창간호(1994. 7)

▲ 제75회 전국체전 기념 사화집
『한밭의 詩香』(1994. 8)

▲『대전문학선집』(1 · 2 · 3 · 4)(1994. 11)

▲ 한국불교문협 대전·충남지부《글탑》창간호
(1994. 11)

▲《허리와 어깨》창간호(1995. 1)

▲ 대전·충남불교문협 개편대회(1994. 12)

▲오청원 희곡집 출판기념회(1995. 5. 20)

▲박명용 시인의 『꽃이파리는 떨어져 어디로 가나』(1995. 7)

▲대전출신 『작고문인연구』(1995. 8)

▲ 제1회 대전문협 우수수혜시집으로 출간된
　김정수 시인의『분꽃』(1995. 9)

▲ 제1회 우수수혜시집인 이장희 시인의
　『작은 것이 아름답다』(1995. 9)

◀제1회 우수수혜시집인
　『대전의 시인들』(1995. 9)

▲ '이덕영시비' 제막(신탄진 대청댐 광장)(1995. 10. 29)

▲대전문협 문학 심포지움(1995. 11. 5)

▲임강빈 시인의 시선집 『초록빛에 기대어』
  (1995. 11)

▲ 대전광역시여성회관의 《한밭여성문예》
창간호(1995. 11)

▲《서구문학》창간호(1995. 12)

▲ 대전시인협회(회장·최원규) 《올해의 시》
창간호(1995. 12)

▲〈대전일보〉문학동우회《눈 위에 그림을
그리며》창간호(1996. 1)

▲1996년도 대전문협 총회(1996. 1. 27)

1996년 5월 15일 《창간호》　　　　　호서문학회 【1】

호서문학회보
창간호
1996. 5. 15

발행인 : 김용재　편집인 : 이규식　인쇄처 : 전화(042)221-6065 전송(042)255-6065
주　소 : 300-150 대전광역시 동구 정동 36-56　호서문학회사무실 (호서문화사내)

호서문학의 새 출발

김용재
(호서문학 회장)

▲〈호서문학회보〉(회장 · 김용재) 창간호
　(1996. 5. 15)

▲강연에 열중하는
　황금찬 시인

▲이호철 소설가

▲〈'96문학의 해〉 '찾아가는 문학' 대전시 공무원교육원 강연회에서(왼쪽부터 전인철, 박명용,
　황금찬, 이호철, 최원규, 가기산 등)(1996. 5. 15)

▲〈'96문학의 해〉 대전지역예선 시낭송대회(1996. 5. 18)

▲〈대전문화헌장〉 제정(대전광역시)(1996. 5)

▲〈'96 문학의 해〉 기념 애향문집『대전의
   시·수필선』(1996. 6)

▲호서문학회 통일문학 해외 심포지움(중국·연변)(1996. 7. 18)

▲대전문학 심포지움(왼쪽부터 오청원, 김용재, 송백헌, 최원규, 전영관, 박상일 시인 등)(1996. 8. 31)

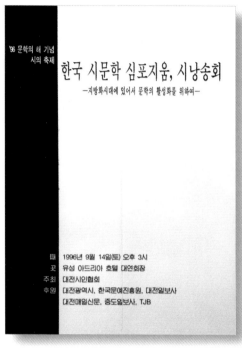

▲ 대전시협 심포지움 · 시낭송회 팸플릿
(1996. 9. 14)

▲ 김대현 자선시집 『창가에 앉아』(1996. 10)

송백헌 평론가

한상수 아동문학가

김용재 시인

박상일 시인

강신용 시인

◀▲〈 '96문학의 해〉 순회강연(1996. 10)

▲대전문협 시화전(홍명상가 앞 광장:왼쪽부터 박영규, 최자영, 김영수, 최송석, 박희선, 조준호(대전광역시 정무부
　시장), 구상회, 최원규, 박명용 시인 등)(1996. 10. 16)

▲종합문예월간지《어디》창간호(1996. 11)

▲《서구문학》출판기념회(1996. 10. 26)

▲한국시협 세미나를 마치고(왼쪽 두 번째부터 임강빈, 성찬경, 최원규, 김대현 시인 등)
(유성, 1996. 11. 9)

▲ 호서문학회(회장 · 김용재) 중국 연변민간문예가협회(주석 · 김동훈)간에 문학교류협약을 마치
고(김대현, 김동훈, 김용재, 박상일, 최송석, 구상회 시인 등)(대전, 1996. 12. 5)

◀〈'96 문학의 해〉기념 특강
팸플릿(1996. 12. 7)

▲〈꿈과 두레박〉동인회《옥빛 고운 자리에》
창간호(1996. 12)

▲ 대전시협『대전팔경』시집(1996. 12)

▲『대전팔경』출판기념회에서 최원규 회장과 시낭송을 한 성찬경 시인이 인사를 나누고(유성, 1996. 12. 21)

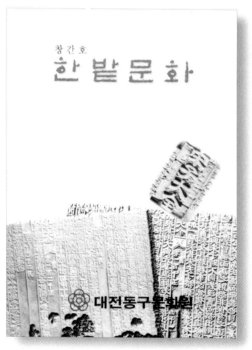

▲ 대전동구문화원《한밭문화》창간호(1997. 3)

▲ '살아나는 시'《깊으면 병이 되는 사랑》창간호
  (1997. 3)

▲ 대덕문학회《大德文學》창간호(1997. 4)

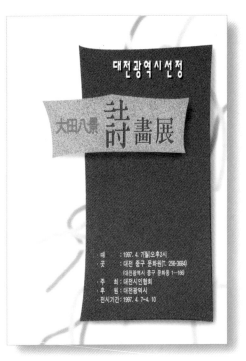

▲ 대전시협 '대전팔경시화전' 팸플릿(1997. 4. 7)

◀월간《어린이와 문화》창간호(1997. 5)

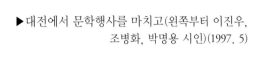

▶대전에서 문학행사를 마치고(왼쪽부터 이진우,
조병화, 박명용 시인)(1997. 5)

◀대전문협 심포지움에서(박명용,
최송석, 정순진, 조혜식 시인 등)
(1997. 11. 7)

▲대전시협과 중국 남경 시인들의 시축전(유성: 최원규, 박명용, 최송석 시인 등)(1997. 11. 8)

▲《오늘의 문학》저서 출판기념회(김대현, 안영진, 임강빈, 김정수, 리현석 시인 등)(1997. 12. 19)

▲ '샘머리 여성 문학회' 의《해시계를 따라 도는 해바라기》창간호(1997. 12)

▲대전문협정기총회(이용호, 강나루, 손기섭, 최송석, 전 민, 박순길 시인 등이 보인다)(1998. 3. 2)

▶ 8인 시집 『詩사랑』(1998. 6.)

▲ 대전아동문학회 주최 제 1회 대전광역시 어린이글짓기대회(1998. 6. 20)

▲ 신정식 시집 『變身』(1998. 11)

▲고 『정의홍 시인의 삶과 문학』(1999. 5)

◀《미래문학》 창간호(1999. 6)

▲ '글사랑 늣다리집' 개원(대청호, 1999. 8)

◀ '시의 날' 기념 시낭송회(1999. 11. 7)

▶ '1999 대전문학축전' 심포지움(손종호,
   김용제, 최원규, 김완하, 조민하, 강태근
   소설가 등)(1999. 11. 20)

55

▲한밭시조문학상을 수상한 김대현 시인과 가족 (1999. 12. 11)

▲ '작은 시' 여성시문학회 《이름 내린 간이역》
　　창간호(1999. 12)

▲ 최원규 시인 『崔元圭詩全集』(2000. 1)

▲한국시낭송협회가 주최한 시낭송회를 마치고(김대현, 구상회, 김용제, 홍순갑, 임기원 시인 등)(2000. 3. 18)

◀《아동문학시대》 창간호(2000. 3)

57

▲유네스코 제정 제1회 시의 날 기념 원로 문인 초청 좌담회를 마치고
(글사랑 놋다리 집, 2000. 3. 21)

▲정훈 시조집 『밀고 끌고』(2000. 4)

▲고 심봉균 시집 『山草빛 四月』(2000. 5)

▲ 대전서구문화원의 《갑천문화》 창간호
(2000. 6)

▲ 대전동시조문학회의 《대전동시조》 창간호
(2000. 6)

▲ '주제가 있는 시 낭송의 밤' (한국시낭송협회, 2000. 7. 15)

▲『박희선 시인의 인생과 문학』(2000. 8)   ▲《東區文學》창간호(2000. 9)

▲《동구문학》출판기념회(2000. 10. 10)

◀박명용 시인의 시선집 『존재의 끈』
(2000. 10)

▲ '대전사랑' 제1회 한밭시낭송대회(2000. 11. 1)

▲제1회 대전시인상을 수상한 임강빈 시인(왼쪽부터 성춘복, 임강빈, 나태주, 김대현 시인 등)
(2000. 12)

▲박명용 편 『대전문학사』(2000. 11)

▲『대전의 시 대전의 노래』(2000. 12)

▲대전문협 문학기행(문경새재, 2001. 3. 24)

▲박희선 시인 추모 5인 시집 『동그라미 연가』
　(2001. 8)

▲머들령 문학회의 '문학의 밤' 사화집
　『방황의 끝에서』(2001. 9)

▶백지시문학회의 사화집 반연간지
《시와 상상》으로 제호 변경(2001. 9)

▲아동문학시대사 주최 '제1회 전국 어린이 · 어머니 시낭송대회'(2001. 10)

◀한국펜클럽 대전광역시위원회의
《대전펜문학》 창간호(2001. 11)

▲대전문협 심포지움(2001. 12. 8)

▲제8회 한성기문학상 시상식(2001. 12. 22)

▲어은문학회의 《어은소설》 창간호(2001. 12)

▲계간 《오늘의 문학》이 《문학사랑》으로
　제호 변경(2002. 3)

▲ 2002 안면도국제꽃박람회 기념 시집
『꽃과 시』(2002. 4)

▲ 정훈 유고시집 『회상』(2002. 5)

▲ 대전문협 문학기행(목포, 2002. 4. 14)

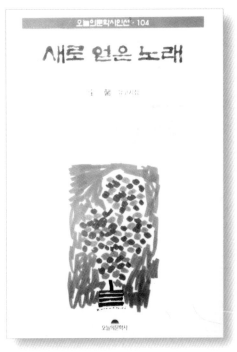

▲ 전형 유고시집 『새로 얻은 노래』(2002. 6)

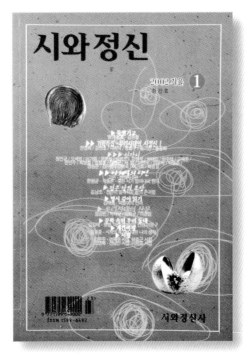

▲ 계간 《시와 정신》(주간·김완하) 창간호(2002. 9)

◀『정훈 시전집』(2002. 9)

▲ 대전중구문학회 창립(회장·이용호)(2002. 10. 20)

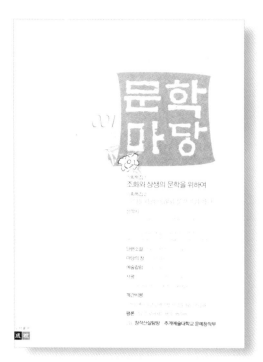

▲ 계간 《문학마당》(주간·손종호) 창간호
  (2002. 11. 20)

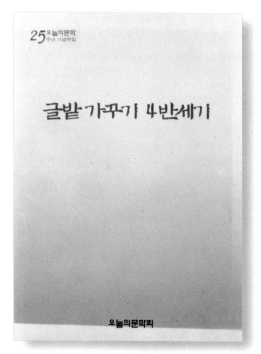

▲ '오늘의 문학' 25주년 기념 문집 『글밭 가꾸
  기 4반세기』(2002. 11)

▲한성기문학상 시상식에서(왼쪽부터 임강빈, 최원규, 박동규, 박명용 시인 등)(2002. 11)

◀ '대전 · 충청 시문학회' 사화집
창간호 《사월의 술잔》(2003. 4)

▲ '꿈과 두레박' 문학기행(미당시문학관, 2003. 5. 23)

▲ 임강빈 시인의 『임강빈의 시와 삶』(2003. 5)

▲ 계간지 《愛知》 14호부터 대전에서 발행
(2003. 6.)

▲ 제50회 문학사랑 심포지움(2003. 6. 28)

▶대전중구문학회《中部文學》창간호(2003. 8)

▲제10회 한성기문학상 시상식(2003. 11)

▲한성기문학상 수상 작품집(2003. 11)

▲《허리와 어깨》가 반연간 《시와 인식》으로
  제호 변경(2003. 12)

▲제6회 대전시인상 시상식(2003. 12. 27)

◀『한성기시전집』(2003. 12)

▲ '김대현시비' 제막(대청댐)(2004. 10. 16)

▲유고시집 『박문성시전집』(2004. 2)

▲『김대현 시인의 인생과 문학』(2004. 10)

白衣의 雅歌

◀김대현 유고시집 『白衣의 雅歌』(2004. 10)

▲ 제5회 한밭시낭송 전국대회(2004. 11. 1)

▲《大田文學》 창간호, 352면(1989. 12. 30) 대훈사

▲《大田文學》 2집, 390면
(1990. 6. 25) 대훈사

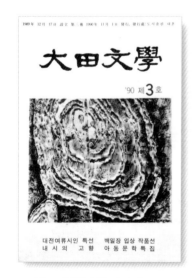

▲《大田文學》 3집, 300면
(1990. 10. 30) 대훈사

▲《大田文學》 4집, 308면
(1991. 6. 28) 문경출판사

▲《大田文學》 5집, 344면
(1991. 12. 18) 문경출판사

▲《大田文學》6집, 390면
(1992. 6. 30) 문경출판사

▲《大田文學》7집, 492면
(1992. 12. 15) 문경출판사

▲《大田文學》8집, 322면
(1993. 6. 30) 문경출판사

▲《大田文學》9집, 322면
(1993. 12. 27) 문경출판사

▲《大田文學》10집, 378면
(1994. 5. 30) 호서문화사

▲《大田文學》11집, 354면
(1994. 12. 28) 동해물과 백두산이

▲《大田文學》12집, 320면
(1995. 5. 31) 오늘의문학사

▲《大田文學》13집, 300면
(1995. 12. 10) 호서문화사

▲《大田文學》14집, 348면
(1996. 6. 15) 대교출판사

▲《大田文學》15집, 402면
(1996. 12. 5) 대교출판사

▲《大田文學》16집, 268면
(1997. 7. 15) 대교출판사

▲《大田文學》17집, 342면
(1997. 12. 10) 대교출판사

▲《大田文學》18집, 336면
(1998. 6. 30) 문경출판사

▲《大田文學》19집, 308면
(1998. 12. 26) 문경출판사

▲《大田文學》20집, 330면
(1999. 6. 26) 문경출판사

▲《大田文學》21집, 380면
(1999. 12. 15) 문경출판사

▲《大田文學》22집, 336면
(2000. 6. 30) 시서울

▲《大田文學》23집, 346면
(2000. 12. 7) 시도출판사

▲《大田文學》 24집, 404면
(2001. 6. 22) 시서울

▲《大田文學》 25집, 450면
(2001. 12. 8) 시도출판사

▲《大田文學》 26집, 482면
(2002. 5. 27) 한밭예술

▲《大田文學》 27집, 382면
(2002. 12. 7) 한밭예술

▲《大田文學》 28집, 430면
(2003. 6. 30) 한밭예술

▲《大田文學》 29집, 406면
(2003. 11. 25) 한밭예술

▲《大田文學》 30집, 424면
(2004. 6. 30) 한밭예술

▲《大田文學》 31집, 418면
(2004. 11. 30) 한밭예술

▲《문학시대》창간호, 388면(1990. 9. 10) 학예사

▲《문학시대》2호, 210면
(1991. 11. 30) 학예사

▲《문학시대》3호, 288면
(1992. 11. 10) 호서문화사

▲《문학시대》4호, 232면
(1993. 8. 15) 호서문화사

▲《문학시대》5호, 230면
(1994. 11. 20) 호서문화사

▲《문학시대》6호, 196면
(1995. 1. 20) 호서문화사

▲《문학시대》 7호, 170면
(1996. 12. 10) 호서문화사

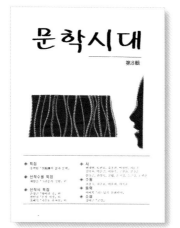

▲《문학시대》 8호, 190면
(1997. 10. 30) 대신출판사

▲《문학시대》 9호, 194면
(1998. 11. 20) 문경출판사

▲《문학시대》 10호, 174면
(1999. 11. 10) 문경출판사

▲《문학시대》 11호, 222면
(2000. 11. 6) 문경출판사

▲《문학시대》 12호, 286면
(2001. 6. 20) 문경출판사

▲《문학시대》 13호, 272면
(2002. 5. 20) 문경출판사

▲《문학시대》 14호, 302면
(2003. 7. 10) 문경출판사

▲《문학시대》 15호, 366면
(2004. 7. 20) 문경출판사

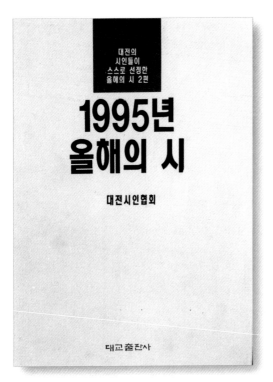

▲대전시인협회 《올해의 시》 창간호, 232면
(1995. 12. 30) 대교출판사

▲대전시인협회 《올해의 시》 2호,
194면(1996. 9. 12) 대교출판사

▲대전시인협회 《올해의 시》 3호,
184면(1997. 10. 4) 대교출판사

▲대전시인협회 《올해의 시》 4호,
148면(1998. 11. 10) 대교출판사

▲대전시인협회 《올해의 시》 5호,
106면(1999. 11. 10) 대교출판사

▲ 대전시인협회《올해의 시》6호,
114면(2000. 12. 10) 대교출판사

▲ 대전시인협회《올해의 시》7호,
128면(2001. 11. 15) 문경출판사

▲ 대전시인협회《올해의 시》8호,
142면(2002. 11. 23) 문경출판사

▲ 대전시인협회《올해의 시》9호,
166면(2003. 11. 22) 문경출판사

▲ 대전시인협회《올해의 시》10호,
218면(2004. 11. 25) 문경출판사

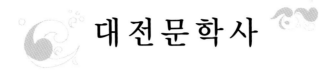

대전문학사

정 순 진

(문학평론가·대전대 교수)

들어가며

역사 지리적으로 볼 때 대전은 백제와 신라의 국경에 근접한 요충지이었지만 그때의 문학적 유산은 찾아볼 길이 없고 현재로서는 고려 이후 조선시대를 거치면서 이 고장 출신의 학자와 산림처사들이 남긴 글을 통해 그 면모를 훑어볼 수밖에 없다. 즉 상고시대나 백제시대의 문헌은 거의 고증할 길이 없고 고려 말 이후 이 지방에 세거해 온 씨족과 가문에서 배출한 인물을 중심으로 문학활동이 축적되어 왔다. 조선에 들어서면서 많은 문인, 학자들이 출생, 활동하면서 문화의 기반이 확립되었다.

그런 대전이 근대도시로 변모되기 시작한 것은 1905년 경부선 철도상에 대전역이 개통된 시점으로 볼 수 있다. 영남, 호남, 경기 세 지방의 분수령으로 발전하면서 1932년 충청남도 도청이 대전으로 이전되었으며 본격적인 도시 발전이 촉진되어 1935년 대전부로 승격되었다. 대한민국의 건국과 함께 1949년 대전시로 명칭이 바뀌었고 1989년 대덕군 전역을 편입시키면서 직할시로 승격되었고 1995년부터 행정구역 명칭이 광역시로 바뀌었다. 이렇게 행정구역이 나누어지고 보니 거의 모든 분야에서 대전 지역만의 역사와 특성을 논의하는 일이 불가피하게 되었다. 문학의 경우도 마찬가지이어서 충남 지역이 아니라 대전에서 주로 나고 성장했으며 활동한 문인들을 기록하는 일이 필요하게 되었다.

명실공히 대전 문단의 기본틀이 형성되기 시작한 것은 해방 이후였다. 알다시피 한국의 역사적 특수 상황에서 해방기의 문학사적 의미는 일차적으로 민족 문학의 모색에 있었다. 식민지 시대의 문학적 유산을 청산하며 잃어버렸던 말과 글을 되찾는 일이 시급했던 것이다. 그렇지만 정치, 사회적으로 극심한 혼란 속에 문학 분야도 예외적일 수 없었던 바, 좌우 이데올로기의 대립에 의한 배타적인 문학 단체가 우후죽순(雨後竹筍)처럼 명멸하며 심각한 갈등 양상을 보였다. 좌우익 문학 단체의 극한 대립이 해소되는 것은, 남북 분단에 따라 남한에는 우익 중심의 순수 문학인들이, 북한에는 좌익 중심의 계급 문학인들이 각각의 문단을 구성해 자리잡으면서였다.

분단된 채 남·북한에 정부가 들어서 자리도 잡기 전에 6·25 전쟁이 발발했다. 6·25 전쟁은 엄청난 인명피해와 상처는 말할 것도 없고 그나마 우리가 간직하고 있던 경제적, 사회적 자산을 잿더미로 만들어 버렸다. 50년대 전반기가 전쟁으로 인해 무엇보다도 생존의 문제에 치중한 시기였다면 후반기는 전후의 복구와 앞으로의 민족적 지향성을 확립하는 것이 과제였던 시기였다.

60년대는 4·19 혁명과 5·16 군사혁명으로 시작되었다. 이 정치적 사건은 좌우 대립으로 경색된 데다가 6·25 전쟁으로 상실되었던 문학의 공리성을 다시 논의하는 계기가 되었다. 이 시기 문학에서 가장 인상적인 사건은 참여문학 논쟁이다. 현실과의 관계에서 문학의 본질과 기능을 재검토해 보려는 것이 목적이었다고 할 수 있다. 72년 10월에 있었던 유신선포가 말해주듯 암흑과 공포의 정치가 자행되었던 70년대로 오면 참여문학론은 민족문학론과 결합하면서 리얼리즘을 창작방법론으로 택해 노동자와 민중의 현실에 대한 애정을 창작으로 형상화시키거나 억압된 인간의 권리와 자유의지를 위해 저항하거나 분단논리에 대한 도전을 시작하였다.

한편 70년대 현실 문제에서 가장 눈에 띄는 특징은 본격적인 산업화와 도시화가 진행되면서 도시 소시민의 삶이 전면에 떠오른 점이다. 이 시기 등장하기 시작한 한글세대 작가들은 소시민의 형성과정과 그들의 좌절된 의식과 정신적 갈등을 형상화시켜 내면의식을 추구하고 개인적인 삶 가운데 자기 존재의 의의를 발견하려는 노력을 보여 주었다. 또한 산업화와 함께 농촌이 해체되기 시작하자 삶의 정처를 잃은 채로 도시 변두리로 흘러들어 생활하던 노동자들과 뿌리뽑힌 자들에 대한 초상이 집중적으로 그려졌다.

1980년대 일어난 가장 현격한 정신사적 변혁은 우리 사회가 금기의 체계에서 벗어나 상반된 가치와 이념을 동시에 포괄할 수 있는 기회를 가졌다는 데 있다. 우리가 처한 역사적 현실 때문에 하나의 지배적 이념과 사고체계만 허용되어 오다가 경제성장, 경제변화에 따른 사회의 구조변화, 지식층과 학생층, 노동자와 중산층의 자발적인 개혁의지에 힘입어 정치, 경제, 사회, 문화 등 여러 부문에 걸쳐 급변하게 되는데 소위 패러다임의 변화로 이어지게 된다.

문학에 있어서도 이제까지 통용되던 문학의 개념과 목적, 방법과 기능, 문난 능단 방법에 이르기까지 다양한 인식의 변화가 나타난다.

80년대 들어 주목할 만한 문단현상은 부정기 간행물인 무크지의 활발한 경향과 민중문학의 열기이다. 이 두 현상은 서로 겹쳐지기도 하면서 이제까지의 순수지향의 문학, 혹은 제도권 문학이라 부를 수 있는 흐름에 도전하면서 이념과 민중에 지향을 두고 사회과학 분야와 연합공동체를 형성하기도 하였다.

한편 이런 움직임과는 다르게 자본주의 사회의 세속적 욕망과 소외, 그것을 부추기는 메카니즘 등 사회의 모순과 정신적 황폐성을 파헤치는 도시시 계열, 혹은 포스트모더니즘 문학이 다양한 형식 실험을 동반하는 문학세계를 형성하였는데 특히 구 소련이 해체되면서 사회 전체가 탈이데올로기적 경향을 띠게 되자 상업주의와 연계되면서 더욱 세력을 확장하고 있다.

90년대에 들어오자 우리를 둘러싼 사회 문화적 환경은 80년대와는 또 다르게 크게 변화되었다. 특히 냉전시대의 종식이라는 세계사적 변화에 따라 민족문학론이 80년대의 위력을 상실한 가운데 이제까지와는 다른 패러다임을 요구하게 되었다. 그런 사유의 한 가지로 데리다나 라깡 이론에 기댄 해체주의가 영향력을 얻으면서 서구중심, 백인중심, 이성중심, 남성중심의 사고틀을 해체시키려는 움직임과 더불어 포스트 모더니즘 논의가 벌어졌고 다원적 가치 현상을 감성적 문체로 그리는 소설이 많아졌다. 그러다 보니 거대서사보다는 미시서사가 주를 이루면서 여성작가들의 등장이 두드러지고 어느 시기보다 고백체 소설이 많이 씌어지고 있다.

다른 하나는 상업주의의 물결이 그 어느 때보다 심해져 소설은 특히 인기 있는 상품으로 인식되기에 이르렀다. 막대한 책 광고, 불량주의 공세 등으로 상업성이 우선되는 문화계의 풍토는 이제까지 지식인 혹은 지사에 속하던 작가들의 의식을 흔들었다. 거기에다 영상매체가 위력을 과시하는 시대이다 보니 시대의 풍조 자체가 순간의 마술인 이미지처럼 진지하게 사고하는 것보다는 가볍게 즐기게 되어 반성적 사고로 특징지어지는 문학의 위기설이 제기되고 있는 실정이다.

새로운 천년, 곳곳에서 활자매체의 종언이 예기되지만 여전히 문학의 임무가 유효하니 그것은 다매체의 담론방식에 대한 반성적 사고의 촉발이고, 다른 하나는 인류 분쟁 선체의 마림직힌 방창성을 제시하는 입일 것이다.

Ⅰ. 시

감격의 8·15 해방을 맞은 직후인 1946년 10월, 소정(素汀) 정훈을 비롯한 임영선, 송석홍, 원영한 등이 종합지 형태의 《향토》를 창간하였다. 창간호에는 정훈의 시 「부엉이」, 원영한의 「가을」, 시조로 이교탁의 「그리움」, 임영선의 「님」, 최영자의 「정」, 소설로 이희춘의 「착각」, 수필로 송석홍의 「내일」, 권용두의 시론(時論) 「나라를 근심하는 이에게」, 원영한의 「세계사의 전환에 대하여」 등이 실렸다.

《향토》는 비록 프린트로 만든 종합지 형태인데다 2호로 종간되었지만 문학작품을 주로 실어 충청문학과 문단을 최초로 태동시켰다는 점에서 문학사적 의의를 지닌다.

종합지 형태의 《향토》가 단명에 그치자 정훈, 박희선, 박용래 등은 1946년 2월 〈동백시회〉를 창립하고 7월에 3인 시지 형식의 《동백》을 창간하였다. 말하자면 《동백》은 이 지방 최초의 문학지이면서 순수 시지인 것이다.

《동백》 창간호는 프린트 타블로이드판으로 박희선의 창간사, 시 「山水屛의 神話」와 「白旗」, 그리고 시론 「線과 色」, 정훈의 「書堂」, 박용래의 「새벽」 등이 게재되었다. 《동백》은 창간 1년여 후인 1947년 9월, 8집을 낸 후 동인들이 흩어져 종간되었다.

《동백》과 비슷한 시기 불교를 전공한 이재복과 박희선이 창간한 불교잡지가 《白象》이다. 주로 불교와 관련된 시, 평문, 수필 등을 실었으나 이 역시 3집을 내고 중단되었다.

1947년 늦가을 충청문단에 처음으로 창작시집이 출간되었는데 이것이 한덕희(韓悳熙)의 『북소리』다. 시집 내는 일이 중앙문단에서조차 쉽지 않던 당시의 사정을 감안할 때 자비출판이라 하지만 지방문단에서는 획기적인 하나의 사건으로 문단의 활력소가 되었다.

1949년 정훈의 첫 시집 『머들령』이 간행되었다. 이 시집에는 나라 잃은 서러움과 민족의 고뇌를 담고 있는 「슬픈 풍토」, 「산정」, 「머들령」, 「가을」, 「기원」 등 56편의 시가 실려 있다.

혼란스러운 해방공간에서 《향토》와 《동백》의 발간이 중단된 뒤 6·25 전쟁이 발발하자 대전으로 피난온 이숭녕, 백철, 홍효민 등의 문학열에 크게 자극을 받은 문학청년들은 전화가 한창인 1951년 〈호서문학회〉를 창립하고 1952년 8월 《호서문학》을 창간하였다. 《호서문학》 창간호는 타블로이드판 30쪽으로 시를 비롯한 전 장르의 작품이 발표되었다.

《호서문학》의 창간은 문학을 의욕적으로 일구고 그 결실을 맺었다는 점에서 그 의의를 평가할 수 있는데 1954년 2집을, 1956년 3집을, 1959년 4집을 내고는 경제난과 회원들의 분열로 1976년까지 중단상태에 빠지고 말았다.

한성기가 1952년 《문예》에, 그리고 1955년엔 《현대문학》에 추천을 받아 등단하고, 박용래와 임강빈이 1956년 《현대문학》으로 등단하자 대전의 시문학은 비로소 '지방' 이라는 한계를 벗어나 중앙으로 진출, 활동영역을 넓히게 되었다.

50년대 일군의 시인들이 추천을 거쳐 중앙 문단으로 진출을 꾀하자 그동안 《호서문학》을 중심으로 활동하던 대전 시인들은 차츰 '등단파' 와 '비등단파' 로 나뉘어 분열상을 보이기 시작하였다. 하지만 《호서문학》 회원들은 '향토문학' 을 고수하면서 추천제를 거부했다.

이런 가운데 1962년 7월 《자유문학》에 최원규의 「裸木」이 당선되고, 1963년 〈한국일보〉와 〈동아일보〉 신춘문예에 이덕영의 시조가 당선되었다. 또한 1966년에는 조남익이, 1967년에는 홍희표가 《현대문학》으로, 1969년에는 송유하가 《월간문학》으로 등단함으로써 대전문학은 완전히 새로운 국면을 맞이하였다.

한편 창간호(1967)가 종간호가 되고 만 《중도문학》에는 박희선, 최원규, 조남익 등 외에 김정욱의 「길」, 서창남의 「산정의 칡꽃」, 채규판의 「세월의 시」 등이 발표되었고, 1966년 10월 21일 결성된 《시혼》에는 한상각 등이 시를 발표하기 시작하였다.

1962년에 결성된 한국문협 충남지부에서는 1970년 《충남문학》을 창간했다. 《충남문학》 창간호에는 시 18편을 비롯하여 평론에 권선근, 조남익, 이석호, 송하섭, 지헌영, 수필에는 전형, 박용래, 김제영, 김영덕, 이양수, 최송춘, 박정규, 이정웅, 그리고 창작에는 강금종, 윤경희, 김영배의 작품이 발표되었다.

1970년대 들어서면서 대전에는 박두진, 조연현, 김윤성, 전봉건, 문덕수, 신동집 등이 자주 찾아와 시단에 직·간접으로 활력을 불어넣어 주었고, 특히 한성기가 《현대문학》과 《현대시학》, 박용래가 《현대시학》의 추천심사의원으로 위촉되면서 대전과 충남시단은 크게 활기를 띠기 시작하였다. 이장희, 박명용, 정진석 등은 《현대문학》에서 추천을 받았고, 손기섭은 《한국문학》으로, 김용재, 최문휘, 엄기창은 《시문학》으로, 지광현, 신정식, 안명호, 김학응, 신봉균, 이관묵 등은 《현대시학》으로 등단하였다. 이밖에 《심상》으로 송한범과 이대영이 등단했으며 손종호는 1979년 〈중앙일보〉 신춘문예에 당선되고 또다시 《문학사상》에서 추천을 받았다. 현재 박명용, 김용재, 손종호 등은 독창적인 시세계를 구축한 중견 시인으로 활발하게 활동하고 있다.

〈호서문학회〉는 4집 발간 이후 활동을 중단하고 있다가 1972년 《호서시선》을, 1974년에는 《속·호서시선》을 내놓았다. 《속·호서시선》에는 정훈, 박희선, 송석홍, 김강정, 김대현, 이교탁, 김영덕, 백초, 최문휘, 오승균, 구상회, 윤갑병, 민용환, 박동규, 신정식, 김용우, 유동삼, 윤부현, 김학응, 이덕영, 김용재, 주근옥 등이 시를 발표하였다.

1978년 6월 김용재, 박명용, 이덕영, 이장희, 조완호, 한병호 등은 시동인회 〈白紙〉를 창립하고 같은 해 10월 30일 《白紙》 창간호(72면)를 발간하였다. 창간호에는 한성기, 김용재, 박명용, 이덕영, 이장희, 조완호, 한병호 등의 시 22편과 최원규의 평론 1편을 실었다.

〈白紙〉는 창립 이후 현재까지 등단 시인들만의 참여를 고수하고 있는데 2001년 부터는 제호를 《시와 상상》으로 바꾸고 문학지 수준의 반연간지를 펴내면서 젊은 층을 영입, 세미나 등을 활발하게 펴고 있다.

《시도》는 1978년 11월 20일에 지광현, 이대영, 안명호, 신봉균, 김학웅, 김정수에 의하여 창간되었는데 창간호에는 24편의 시가 실려 있다. 〈시도〉 동인회는 그동안 지광현, 이대영 등을 제외하고는 동인이 바뀌었지만 꾸준히 동인지를 발간하고 있다.

1976년 4월, 중단되었던 《호서문학》이 속간되었다. 속간호에는 초대시로 구상, 김차영, 한성기, 박용래, 임강빈, 송혁, 소한진 등의 작품과 정훈, 이재복, 임헌도, 박희선, 김대현, 윤갑병, 김강정, 송석홍, 이교탁, 구상회, 민용환, 신유상, 안명호, 소기섭, 김학웅, 전종군, 조재훈, 신정식, 이덕영, 김용재, 주근옥, 김용표, 유동삼, 허인무, 이금준, 이도현 등의 시가 발표되었다.

80년대에 주목할 만한 것은 시대적 상황의 변화에 따라 시인이 크게 증가되었다는 점이다. 5·16 이후 문학잡지의 등록이 제한되었는데 80년대 중반 이후에 이 제한이 폐지됨으로써 문학잡지가 증가하였고 경제 성장에 따라 문학인구의 저변이 확대되었기 때문이다.

1981년에는 변재열이 《현대문학》으로 등단하였고, 오완영이 《현대시학》으로, 1982년에는 여성시인 최초로 양애경이 〈중앙일보〉 신춘문예에 당선하였으며, 1983년에는 김백겸이 〈서울신문〉 신춘문예에 당선하여 등단하였다.

한편 김원태와 곽우희는 《현대문학》으로, 김완하와 강희안이 《문학사상》으로, 도한호와 최자영이 《월간문학》으로, 김가린, 조미나, 주근옥, 안초근, 전민, 김홍식, 박순길이 《시문학》으로 등단하였다. 또 박상일, 강신용, 김명수, 배인환 등은 《현대시학》으로, 리헌석, 최송석, 박재서, 박휘규, 정혜순, 이돈주, 정정숙, 박귀자 등이 《시와 의식》으로 등단하였다.

또한 1984년 《창작과 비평》에 이은봉이 「좋은 세상」 등을 발표하며 등단하였고 《심상》에 송계헌, 《중앙문예》에 윤형근, 《시대문학》에 유재봉 등이 각각 추천과 신인상을 통하여 등단하였다.

시단 인구가 크게 늘어나면서 대전시단은 주로 동인회를 창립하고 동인지 중심으로 활동하였다. 1981년에는 《무천》이 창간되어 백운관, 김석환, 신웅순, 육종관, 홍승관, 조완수 등이 활동을 시작하였고, 《詩心》(1981), 《동시대》(1983), 《신인문학》, 《천칭문학동인》(1989) 등이 창간, 의욕을 보였다.

한편, 1984년에는 충남 대표작 시인선집 『시여, 바람이여』가 출간되었는데 여기에는 김길순, 김대현, 김영배, 김영수, 김정수, 김학응, 김홍식, 도한호, 이헌석, 박대순, 박명용, 박순길, 박헌오, 배인환, 백남천, 안명호, 유동삼, 유재봉, 이도현, 이서인, 전민, 전영관, 정진석, 조근호, 조미나, 조일남, 주근옥, 박동규, 김원태, 홍희표, 강신용, 유형근 등 73명의 시인이 360편의 시를 발표하였고, 1989년에는 《대전시단》이 발행되었다.

1990년 창립된 대전문인총연합회에서는 《시대문학》을 창간했는데 여기에는 구상회, 김대현, 김길순, 김영수, 도한호, 박미용, 박상일, 박순길, 박승철, 박재서, 서정학, 손기섭, 송계헌, 송근형, 송영숙, 안초근, 신협, 안현심, 오완영, 송한범, 유동삼, 윤형근, 이돈주, 임계화, 전영관, 전민, 정의홍, 정진석, 최송석, 한용구, 조근호 등이 시를 발표했다.

90년대에 들어서자 월간지를 비롯한 격월간, 계간, 무크지 등이 대량 창간되면서 신인상 제도가 시행되자 많은 시인 지망생들이 '당선'이라는 명목으로 등단했다. 이와 같은 시인들의 양적 팽창은 일단 '문학인구의 증가'라는 긍정적인 측면도 있으나 질적 수준에 대한 의문과 역기능의 우려마저 낳게 했다.

1995년에는 대전시인협회(회장 · 최원규)가 창립되어 매년 시화집 『올해의 시』

발간, 심포지움 개최, 청소년 글짓기 대회 등 대전시문학 발전을 위해 크게 활동하고 있다.

90년대에 들어서는 〈대전일보〉 신춘문예에 당선한 박종빈, 《현대문학》의 주용일과 박현옥, 《문학사상》의 이태관, 《현대시학》의 황희순, 《문학과 비평》의 윤종영, 《창작과 비평》의 이면우 등이 활발하게 활동하고 있으며 이밖에 한문석, 김남규, 김상현, 전현숙, 육종관, 이형자, 이춘희, 이영순, 정바름, 손중숙, 전우각, 김영일, 장덕천, 유진택, 김원진, 이현옥, 박성범, 전인철 등이 있다.

90년대의 시단은 계간지를 비롯한 많은 동인지들이 창간되어 활기찬 모습을 보여 주고 있다. 계간 《오늘의 문학》이 창간되고 《서구문학》, 《대덕문학》 등과 《여성문학》, 《살아나는 시》, 《큰시》, 《풍향계》, 《꿈과 두레박》 등 동인지가 창간되어 시단은 전례없이 활기가 넘쳤다.

이밖에 『작고문인 시선집』, 『대전문학선집』(4), 『대전의 시·수필선』, 『대전의 시인들』 등이 발간되는 등 대전시단은 크게 활기를 띠었다.

2000년에 들어서는 《시와 정신》, 《문학마당》, 《애지》 등 중앙문예지를 능가하는 본격적인 계간지가 등장, 좋은 시인들을 발굴하여 시단에 신선한 충격을 주고 있다. 90년대 후반 이후에는 박진성, 최광임, 이문희, 한기욱, 김희정 등 젊은 세대들이 등단, 시단에 활기를 불어넣고 있다.

II. 시조

대전권의 시조시사는 조선초기의 학자이며 문신인 박팽년, 송순으로부터 시작하여 한문학의 태두인 신흠, 우암 송시열, 박순, 강백년에까지 이른다. 이들은 잘 알려진 조선시대의 학자이면서 시조가객이었다. 그러나 이 자리에서는 8·15 이후의 현대시조를 중심으로 개괄하고자 한다.

시문학사에서 논의된 정훈은 시와 시조를 함께 발표하였는데 1955년 시조집 『벽오동』을, 1960년에 『꽃시첩』을 발간하였다. 정훈은 일제 강점기에 태어나 갖은 수모와 설움 속에서도 한밭을 지키며 〈머들령〉 동인회를 이끌고, 우리 고장에서 처음으로 현대시조의 씨를 뿌리고 가꾼 증인으로 대전권 시조의 맥을 잇는데 큰 몫을 담당하였다.

대전권에 처음으로 시조동인회가 발족된 것은 1960년대 동인지 《청자》가 간행되면서이다. 동인은 황희영, 남준우, 유동삼, 이용호, 김해성, 임헌도, 이교탁, 채희석, 이복숙이었다.

《청자》는 1집(1965)에서 10집(1970)까지 〈한밭시조동인회〉, 〈청자시조동인회〉, 〈청사시조창작 동인회〉, 〈청자시조문학회〉라 동인회 명칭을 개칭하면서 만 5년 간 10권의 농인지를 펴냈는데, 그 후 동인회 활동이 중단되었다. 특히 《청자》 10집은 『한국시조선집』으로 엮어져 영역되어 마침 한국에서 개최된 제37차 세계작가대회에서 세계 각국의 작가들에게 배포되었다.

유동삼은 1962년 〈동아일보〉의 '동아시조' 난에 「소쩍새」가 당선되면서 시조창작에 남다른 열정을 쏟아왔다. 1967년 『유동삼 시조집』, 1970년 『꽃마을』을 발간하였다.

임헌도는 《청자》 동인으로 활약하면서 시조 창작에 전념하였고 73년에 시조집 『청산별곡』을 냈다. 이용호는 1969년 〈서울신문〉 신춘문예에 작품 「山에서」가 당선되면서 시조를 창작하였다.

〈청자동인회〉 활동이 중단되자 중앙지, 《충남문학》, 《호서문학》 등에 작품을 발표하면서 시조동인회를 갈망하다가 1977년 〈차령시조문학회〉를 결성하고 그 해 12월 《차령》 창간호를 발행하였다. 참가회원은 권용경, 김영수, 김환식, 김준현, 신기훈, 염준호, 이우종, 이교탁, 이금준, 이용호, 이도현, 이은방, 이상범, 이덕영, 이소

란, 임헌도, 정훈, 유동삼, 유준호, 허인무 등이었다.

1970년대 초에 이방남, 유준호, 중반기엔 허인무, 김환식, 말기에 김대현, 이도현, 김영수 시인이 활약하였다.

이방남은 1961년 〈충청일보〉 신춘문예 시조부문에 당선하였고, 1971년 《시조문학》으로 등단하였는데 시조집으로 『갈대는 저희끼리 사랑을 한다』, 『당신은 별자리로 남아』가 있다.

유준호도 1971년 《시조문학》지로 등단하였으며 시조집으로 『산중신곡』이 있고, 허인무도 1975년 《시조문학》지로 등단하였으며 시조집 『백목련』을 상재하였다.

김환식은 1977년 《시조문학》 추천으로 등단하였고 가톨릭에 몰두하여 '가톨릭 시인'이라 불릴 만큼 신앙적 체험을 작품에 담고 있는데 시조집으로 『素服舞』, 『이제 빛의 미사가 끝났으니』, 『최초의 심판』, 『피바람 영가』, 『자아상』이 있다.

이도현은 1980년 《시조문학》으로 등단하고, 《차령》, 《가람문학》에 참여하여 본격적인 문학활동을 시작하였다. 시집으로는 『선비의 머리카락』, 『바람과의 대화』, 『다시 바람에』, 『빛과 바람사이』, 『장자(莊子)의 바람』, 『서산까지 따라오는 바람』이 있고, 시선집 『바람의 귀향』을 상재했다.

《차령》 3집을 발간한 뒤 〈차령문학회〉 회원들은 동인회를 전국권으로 발돋움할 것을 결의하고 79년 10월 대전에서 〈가람문학회〉 창립총회를 개최하여 현재까지 활동을 계속하고 있다.

〈가람문학회〉 창립 발기에 수고한 이금준은 1980년 《시조문학》을 통해 등단하였는데 1979년에 시조집 『祈雨祭』를 발간한 바 있다.

1980년대에 등단하여 활약한 시조시인으로 김길순, 김영배, 조근호, 김영수, 김동직, 박헌오, 조일남, 김광순 등이 있다.

김길순은 1981년 《시조문학》지를 통해 등단하였고 대전권 최초의 여성 시조시인으로 시조집 『흐르는 물』을 상재했다.

1972년 월간 《수필문학》으로 등단하여 수필에 천착하던 김영배는 1985년 《현대시조》를 통하여 시조 시인으로도 등단하였다. 『출항의 아침』(1990), 『산울음 담은 강물』(1993) 등 시조집을 출간하였다.

조근호는 1984년 《시조문학》과 《현대시조》에서 천료되고 〈충청일보〉 신춘문예에 당선되었는데 시집으로 『겨울엽서』, 『그대의 강에 흐르는 갈채』를 간행하였다.

김영수는 1984년 《아동문예》 신인상, 월간 《한국시》를 통하여 등단하였다. 그는 동시로 등단하여 동시조를 즐겨 쓰는데 『해님의 전화』, 『아기새의 꽃바람』을 펴냈다.

박헌오는 1987년 〈충청일보〉 신춘문예에 시조 「한식날」이 당선되었고, 그 해 《시조문학》지에 작품 「목동의 피리」로 천료되었으며 시조집으로 『석등에 걸어둔 그리움의 염주 하나』, 『산이 불에게』 사유시집 『우리는 하얀 솔잎이 되어』를 출간하였다.

조일남, 김광순은 1988년 《시조문학》으로 등단하여 활발하게 활동하고 있다.

〈한밭시조문학회〉는 '전국시조백일장'을 대전에서 매년 개최하기 위하여 1986년 1월 26일 〈대전시조시인협회〉를 결성하고 그 해 10월 3일 제1회 '전국시조백일장'을 대전고등학교 교정에서 개최하였다. 〈대전시조시인협회〉의 괄목할 만한 사업으로는 '전국한밭시조백일장' 개최를 들 수 있으며 매년 동인지를 발간하고 있다.

1990년대에 들어서면서 대전시조단은 더욱 활기를 띤다. 〈가람문학회〉가 활성화되면서 시조인구가 확산되고 신인들이 문단에 등단하면서 많은 시조집들이 출간되었다.

90년대에 등단한 시인으로는 강정부, 김창현, 김재수, 이기동, 김종성, 김계연, 이종현, 이건영, 김영환, 박경배, 김순영, 신재후, 이흥종, 이상덕, 이한식, 유해자, 박봉주, 서영자, 김연산 등이 있다.

〈가람문학회〉는 1999년 동인회 결성 20주년을 맞아 20집 특집호를 꾸몄다. 창간호부터 19집까지의 표지그림을 화보에 실었고 이교탁, 이금준, 정훈, 권용경, 신기훈, 이광렬, 김영수 등 작고시인 특집을 마련, 선배동인들을 회고하고 추모하는 계기로 만들었다.

Ⅲ. 소설

해방기 대전 지역에서 처음 소설을 쓴 사람은 염인수이다. 그는 1946년부터 대전 농사시험장에 근무하면서 박희선, 하유상, 박용래, 민병성, 이병권, 임완빈, 황린, 추식 등과 교분하며 대전 문단 형성기에 활동하였다. 그는 1946년 《民聲》지에 「감자」, 《新天地》에 「작은 선풍」, 《예술조선》 현상공모에 「기다리는 마음」이 당선되어 문단에 등단하였다. 그리고 1947년에는 이 지방에서 발간된 《新星》과 〈호서신문〉에도 작품을 발표하였다. 하지만 해방 직후 좌우익의 이념투쟁에서 좌파에 속해 있던 염인수는 사경을 넘어 은거와 피신생활을 해 행방이 알려지지 않다가 말년에 다시 창작활동을 재개해 80년대에 『장위고개』(1983), 『회고』(1987), 『깊은 강은 흐른다』(1989) 등의 소설집을 발간했다.

6·25 전쟁의 와중인 1951년 대전에서 출범한 것이 〈호서문학회〉이다. 이 지역에서 활동한 이 시기의 몇몇 소설가들도 〈호서문학회〉와 깊은 관련을 맺고 있다.

1950년 《문예》에 「허선생」으로 초회 추천을 받은 권선근은 1954년 「요지경」으로 천료하였다. 작품의 특성은 사회적 상황을 인식하지 못하는 소시민들이 그 시대에 너무나 익숙했던 가난 속에서 벌이는 행태를 소박하게 묘사하면서 인간애를 찾는 것이다. 「허선생」과 「자식」은 궁핍한 생활 속에서도 진정 인간이 추구해야 할 길이 무엇인지에 대해 암시하고 있고, 「요지경」이나 「생명」은 전쟁상황에서 벌어지는 인간 실존의 문제를 다루고 「해빙선」은 전후 양공주 이야기를 통해 전쟁후유증을 다루고 있는데 당대의 현실을 평면적으로 가볍게 그려냈다.

《호서문학》 동인인 정주상은 1956년 〈한국일보〉에 소년소설 「경제와 하모니카」가 당선되어 문단에 등장하고 「증거」(《호서문학》 제3집, 1956. 6), 「아들」(《호서문학》 제4집, 1959. 12) 등의 작품을 발표했으며 성열균 역시 〈호서문학〉 동인으로 있으면서 《호서문학》 제4집에 「암야행」을 발표했었다.

소설가이며 방송극작가인 추식도 이 시기 대전과 인연을 맺었었다. 1949년부터 대전의 〈호서신문사〉와 〈중도일보사〉 등에서 편집국장과 주필을 맡아보았던 그는 《현대문학》에 「부랑아」(1955. 6)가 추천됨으로써 문단에 등단하였는데 단편집 『인간제대』(일신사, 1958)를 발간했다. 이 작품집의 특성은 전후의 어두운 시대상황을 객관적으로 묘사한 점이며, 대부분 가난에서 오는 문제를 관찰자 시선을 택해 정밀하게 그려냈다.

이 시기는 대전에 자리잡고 본격적인 활동을 한 소설가보다는 잠깐 대전을 스쳐 갔거나 아마추어로 소설을 쓴 사람이 더 많은데 그 이유는 사회의 변혁기이었기 때문이기도 하고 지방에 제대로 문단이 확립되기 어려웠던 사정 때문이다.

60년대 이 지방 문인들의 활동은 공식적으로는 1962년 결성된 예총 충남지부 산하의 문협충남지부를 중심으로 이루어지지만 실제적으로는 개별적인 활동이 주종을 이루었다.

김수남은 일본 정강현에서 태어났지만 대전에서 자리잡고 살아가며 활동하는 명실상부한 대전의 소설가이다. 1966년 〈조선일보〉 신춘문예에 단편 「조부사망급래」로 등단했는데 전통과 인습, 사회적 부조리와 모순 등이 독특한 문체에 관념적으로 담겨 있다. 첫 창작집 『유아라보이』(농경출판사, 1972)를 비롯 『달바라기』(삼연사, 1980), 『개똥지빠기가 우는 것은 슬퍼서가 아니다』(동학사, 1988), 『따라가서 앞지르라』(문경출판사, 1993) 등이 있고 장편소설에 『취국』(동학사, 1990), 『동구는 슬퍼도 왕빵만은 먹었다』(문경출판사, 1994)가 있다.

이진우는 1964년 「상실」이란 작품으로 문공부 제 3회 신인 예술상을 수상하고 1967년 「생성」으로 〈한국일보〉 신춘문예에 당선해 문단에 등단했다. 도시적 삶이 가지고 있는 타락상과 병리현상을 짚어내는 소설을 주로 쓰고 있는 이진우는 창작집 『바람난 벽돌』(삼연사, 1979), 『얘기 좀 하실까요』(신원문화사, 1984), 중편집으로 『우리는 이미 하나가 아니다』(신원문화사, 1981), 꽁트집으로 『놓인 대로 놓으세요』(신원문화사, 1980), 『우리는 무엇을 원하고 있는가』(명문당, 1990)와 장편 『바다로 가는 꽃』을 상재했다. 이런 작품집에서 이진우는 인간성 상실로 황폐화된 도시의 삶에서 바람직한 삶과 생명의 햇빛을 찾으려는 일상인의 모습을 끈질기게 추구한다.

1959년 「제3부두」로 〈한국일보〉 신춘문예로 등단한 오승재가 모교인 지금의 한남대학교에 자리잡아 대전에 정착, 수학을 가르치면서도 꾸준히 소설을 발표하여 1971년 단편집 『아시아祭』(호서문화사)를 발간하였다. 이 단편집을 낸 뒤로 창작은 잠시 뜸하다가 90년대 다시 《호서문학》에 「너나 새사람 되어라」(《호서문학》 제19집, 1993), 「생명을 잉태하고 싶은 여인」(《호서문학》 제20집, 1994), 「부시의 방한기」(《호서문학》 제20집, 1994) 등을 발표하고 있다.

80년대 들어 이 지역 소설계에는 충남 보령군 출신으로 공주에 자리잡고 있던 소설가 최상규와 경북 경산 출생으로 서울에 있던 소설가 최학이 대전에 자리잡음으로써 보다 다양한 세계가 확보되었다.

이미 「포인트」(《문학예술》, 1956. 5)와 「단면」(《문학예술》, 1956. 9)으로 등단한 중견 소설가 최상규(1934~1994)가 대전과 인연을 맺은 것은 1976년부터이다. 공주교육대학을 사임한 그가 대전에 정착하여 창작활동을 하였기 때문이다.

그가 낸 작품집으로는 전작소설 『형성기』(삼성출판사, 1972), 장편소설 『그 어둠의 종말』(기린원, 1980), 전작장편 『사람의 섬』(정음사, 1983), 중편집 『겨울잠행』(정음사, 1984), 『나방과 거품』(정음사, 1984), 장편소설 『자라나는 탑』(정음사,

1985), 창작집 『포인트』(정음사, 1987), 장편소설 『새벽기행』(문학사상사, 1989), 작품집 『타조의 꿈』(인간사, 1989), 『먼 산 가까운 땅』(신학문사, 1991), 단편집 『한밤의 목소리』(일신서적, 1994), 장편소설 『악령의 늪』(문학사상사, 1994)이 있다.

최학도 이미 1973년 〈경향신문〉 신춘문예에 「폐광」이 당선되어 등단하고 1979년 〈한국일보〉 일천만원 고료 장편소설 공모에 『서북풍』이 당선되는 등 왕성하게 작품 발표를 하던 중 1981년부터 대전에 거주하기 시작하여 대전 소설가의 일원이 되었다. 그는 창작집 『잠시 머무는 땅』(금박출판사, 1980), 『그물의 눈』(나남출판사, 1986), 『식구들의 세월』(민음사, 1989), 『손님』(문예창작, 1999), 장편소설 『비를 적시는 바다』(1979, 동평사), 『겨울 소나기』(자유문학사, 1980), 『안개울음』(문학예술사, 1980), 『저무는 산에 숯불 놓다』(중앙일보사, 1981), 『서북풍 1, 2』(해뜸출판사, 1982), 『이필제 1, 2』(행림출판사, 1990), 『숲에는 사철바람이』(행림출판사, 1993), 대하소설 『미륵을 기다리며 1, 2, 3, 4』(행림출판사, 1994)를 펴냈다.

연용흠은 1983년 〈중앙일보〉 신춘문예에 단편 「허상의 뼈」가 입선하여 작품활동을 시작하였다. 그는 〈호서문학〉 동인으로 활동하면서 80년대에 등단한 작가답게 불가항력적인 불의의 권력 때문에 무기력해진 인간의 모습을 통해 잃어버린 인간성을 어떻게 회복할 수 있는지를 모색하고 있으며 『그리하여 추장은 죽었나』(예하낭, 1997)를 펴냈다.

이은식은 이 지역에서는 드물게 80년대의 특징인 이념과 민중지향성을 보여 주는 작가로 1983년 《삶의 문학》에 중편 「사슬」을 발표하면서 작품활동을 시작하여 소설집 『땅거미』(창작과비평사, 1987)를 출간했다. 그러나 그는 이데올로기 자체보다는 이데올로기에 의해 찢겨진 삶의 공동체를 보여 주고 있는데 「어둠의 땅」, 「땅거미」, 「불 꺼진 집」, 「얼어붙은 달그림자」 등이 그런 계열이다.

김동권(1944~)은 금산 출신으로 76년부터 〈호서문학〉 동인으로 작품을 발표하기 시작했지만 1988년 《시와 의식》 신인상에 「금이」가 당선되면서 등단했다.

홍성복도 이 지방에서 발간되는 동인지에 「허씨의 소망」, 「여인숙에서 만난 여자」, 「객방에서 만난 여자」, 「상가」, 「고등계 형사」, 「두고 온 아내」 등의 소설을 발표했으며 단편집 『사양길』(평화당인쇄사, 1987)을 냈는데, 대부분 사랑과 인정의 문제를 다루고 있다.

한편 〈대전일보〉에서 1985년부터 신춘문예를 실시하여 당선자를 내기 시작하면서 중부권 작가의 등용문 구실을 톡톡히 해냈다. 김천기, 윤대녕, 김명원, 김상길, 김성국, 김영웅, 한창훈, 김해미, 이예훈, 오내영, 박재윤이 소설 부문 당선자들이다.

주로 개인적인 활동으로 일관하던 이 지역 소설계에서 처음으로 1991년 11월 16일 〈대전·충남 소설가 협회〉가 발족해 소설가들의 집단적인 활동이 시작되었다. 그러나 93년 3월 김재형, 조동길, 심규식, 지요하 등의 충남권 소설가들이 탈퇴해 〈충남소설가협회〉를 결성하자 이름을 〈대전소설가협회〉로 바꾸고 작품집 『우리는 서로 문이다』(문경출판사)를 1993년 7월 발간했다. 1집에는 최상규, 김수남, 이진우, 연용흠, 강태근, 김동권, 이미숙, 김영두, 이창훈, 김해미, 이순복, 이순예, 김숙경의 소설이 실렸으며 2집 『그림자 낚기』(문경출판사)는 1995년 10월 발행하였는데 연용흠, 이미숙, 김영두, 김해미, 이순예(이예훈), 엄대하, 이순복, 이종욱, 윤재룡, 정혜련, 오내영의 소설이 실려 있다.

김영두는 1989년 《우리문학》에 「은빛날개」로 추천받아 작품을 쓰기 시작하였고 1990년 〈중앙일보〉 신춘문예에 동화가 당선되기도 하였으며 이미숙은 1990년 《시와 의식》에 「둘남이」로 등단해 『첩살이』(거목, 1990)를 출간하였다.

강태근의 공식적인 활동은 1991년 김기흥, 조동길, 심규식과 함께 낸 창작집 『네 말더듬이의 말더듬기』부터라고 할 수 있고 작품집 『신을 기르는 도시』(이두출판사, 1994)가 있다. 이창훈은 1993년 복음 전파는 결국 인간애이며 자신의 영적인 구원과 관계된다는 것을 신부의 세속적 사랑을 통해 말하고 있는 장편소설 『사랑과 슬

품은 같은 길로 온다』를 《문학사상》에 연재하면서 호평을 받고 이듬해 문학사상사에서 단행본으로 발간했다. (이 작품은 『베고니아』(살림원, 1993)를 개작한 것이다.) 신의 눈으로가 아니라 인간의 눈으로 유다를 바라보면서 진정한 인간 구원이 무엇인지를 묻는 장편소설 『붉은 소금』(글사랑, 1996)을 위시하여 『앵과 캉』(청조사, 1998), 『불의 강』(요단, 2000)을 펴내기도 했다.

한편 1990년 《농민문학》에 「돌팔이 감시원」으로 신인상을 수상한 이순복(1946~)은 『정월 나그네』(미화출판사, 1995)를 펴냈고, 1992년 중편소설 「망부가」로 《문학세계》 신인상에 당선되어 등단한 김영희(1956~)는 『하얀 봄날의 이야기』(도서출판 정, 1999)를 펴냈다. 그 외 1993년 《문예사조》 신인상에 당선한 안일상이 대전에 살면서 작품집 『목마의 꿈』을 펴냈고, 1998년 《순수문학》에 단편 「할아버지 어디가」로 추천을 받은 이광희는 장편소실 『붉은 새』(오늘의문학사, 1997), 『청동물고기』(문원북, 1999)를 펴냈다.

Ⅳ. 수필

문학의 여러 장르 중 가상 최근에야 문학적 손재가치를 인정받기 시작한 우리나라 수필문학은 생산된 작품의 양에 비하여 그 작품성을 인정받은 것은 그다지 많지 않다. 한국적 문단 상황이 이러하거늘 대전의 경우도 이와 크게 다르지 않음은 불문가지이나. 따라서 초기에 이 고장 사람들에 의해 출간된 수필집(산문집)은 시인이나 비평가 등이 엮은 문학단상집이거나 언론인의 시사칼럼집, 나아가 명사들의 신변잡기나 사색의 편린들을 책으로 엮은 것이 주종을 이루었다. 이런 한계를 가지고 있음에도 불구하고 수필가의 활동현황을 개괄적으로 정리하는 것은 뒷날의 사적 정리를 위한 초기 작업의 일환이다.

한국문단에서 수필이 정당한 문학장르로서 인정을 받기 시작한 것은 1960년대 후반기부터이다. 그 이전까지만 해도 통념적으로 수필의 존재가치는 인정하되 엄연히 독립된 장르로서보다 문인들이 여기로 쓴 문예물이거나 명사들의 신변잡기나 가벼운 개인의 의사를 개진하는 산문 정도로 인식되어 왔던 것이다. 따라서 당시에 발간되던 각종 문예지에도 수필로 등단할 기회는 주어지지 않았다.

그럼에도 당시 우리 지역에서 간행되던 〈대전일보〉, 〈중도일보〉의 양 일간지 《호서문학》, 《중도문학》, 〈한국문협충남지부〉에서 간행했던 《충남문학》 등 각종 잡지에는 전향, 곽철, 권선근, 지헌영, 홍재헌, 김제영 등의 산문이 자주 게재되었다.

이 무렵 중등교단에서 미술을 가르치면서 수필문단에 신인으로 등장한 강나루(본명 姜顯瑞)가 주목받았다. 그는 1964년 《교육자료》에 조연현의 추천으로 수필 「내가 만난 걸인(乞人)」을 발표하고 이어 〈새교육〉, 〈새한신문〉 등에 시, 소설까지 추천 받으면서 이들 지면에 수필을 자주 발표하였다.

1960년대 후반기에 이르러야 대전 지역에서 산문집이 간행되었다. 홍재헌은 1966년에 그동안 발표한 교육체험담을 『교사의 시선』(새안출판사, 1966. 8)으로 간행했고, 1967년에는 송하섭, 이원복, 이정웅, 조남익 네 사람이 엮은 4인 수필집 『사색(思索)의 연가(戀歌)』(회상사, 1967. 11)가 출간되었다. 그 뒤 김영덕은 『자의식(自意識)의 미화(美化)』(회상사, 1969. 2)와 『나무도 보고 숲도 보고』(회상사, 1970. 2) 등 두 권의 수필집을 연달아 출간하였다.

70년대의 대전수필문단은 괄목할 만한 발전을 이룬 성장기에 해당된다. 이 시기를 성장기라 일컫는 것은 〈한얼문우회〉와 〈충남수필동인회〉 등의 동인회가 조직되고 점차 그 조직이 활성화되면서 수필을 쓰는 인구가 크게 늘어났을 뿐 아니라 작품 수준도 크게 향상되어 중앙문단의 문예지나 수필 전문지 등에 작품을 발표하는 수필가가 많아졌기 때문이다. 수필에 대한 인식이 새로워지면서 중앙 잡지의 현상문예에 당선되는 작가가 늘어나고 또한 이 시기에 이르러 많은 작품집들이 간행되었다.

그 무렵 전국의 수필문학 애호가들이 뜻을 모아 조직한 단체가 〈수필문학연구회〉였고 그들의 활동을 뒷받침해준 것이 월간 《수필문학》이었다. 이에 따라 대전지역에서도 수필동호회가 조직 활성화되었는데 그것은 〈한얼문우회〉와 〈충남수필동인회〉이었다.

1970년, 충남의 교직에 종사하는 교사들 중에 수필문학에 관심이 있는 이들이 〈한얼문우회〉를 조직하였는데 이 회의 목적은 짓기지도가 소홀한 문제점을 타개하기 위하여 국어교육에 새로운 바람을 일으키게 하고자 함과 동시에 학생들에게 좋은 글을 감상케 하면서 교사들 스스로는 교단생활 속에서 맛보는 삶의 모습을 수필로 그려내고자 함이었다.

이듬해에 『교단의 미소』(대한교과서 주식회사, 1971. 12. 25), 1972년에 제2수필집인 『교단의 여백』, 1974년에 제3수필집 『교단의 메아리』를 출간한 뒤 사실상 활동이 중단되었다. 3집에 참여한 사람은 권양원, 김민웅, 김영배, 김용복, 손정자, 안수환, 이금준, 이도현, 이정웅, 정수건, 유병학 등 모두 11명이다.

〈한얼문우회〉의 활동이 중단된 뒤 김영배와 이병남은 〈한국수필문학회〉의 정식 회원으로 천거되어 월간 《수필문학》에 사름을 발표하였고, 1976년에는 이행수가 〈조선일보〉 신춘문예에 당선되어 문단활동을 시작하였다.

이 무렵 이병남은 『가을에 오는 창가에서』(농경출판사, 1972. 12), 『고독한 밤에』(관동출판사, 1975. 7), 『한점 돌 위에 새긴 이름』(교음사, 1981. 10)을 출간하였고, 안영진도 1972년 칼럼집 『기구(氣球)의 사색(思索)』(농경출판사, 1972. 12)을 출간하였다.

1973년에는 조남익의 에세이집 『시의 오솔길』(세운문화사, 1973. 7)이 간행되었고, 1977년에는 홍재헌의 제2수필집 『이유있는 항변』(한일인쇄소, 1977. 6)이 출간되었다. 1978년에는 김영배와 오완영이 각각 『정(淨)한 나무의 연륜』과 『침묵과 웃

음사이』를 내어 하나의 박스속에 넣어 『2인 수필집』(유림사, 1978. 11)으로 선보임으로써 세인의 관심을 모았다.

1970년대가 저물어가는 1979년 12월에 우리 고장에서 교단을 지키는 선생님들이 쓴 테마에세이집 『선생님 우리 선생님』(창학사, 1979. 12)이 간행되어 화제를 모았다. 여기에 참여한 필자는 강나루, 권순하, 김두업, 김상자, 김수남, 김영덕, 김영배, 김진옥, 김행정, 박권하, 박동규, 박정환, 신근철, 신언식, 안명호, 안태영, 양창환, 오성근, 오승영, 유병학, 유준호, 윤병순, 윤종욱, 윤황한, 이금순, 이도현, 이상덕, 이상대, 이권국, 이은선, 이정웅, 이택신, 임배수, 임종학, 정만영, 홍경옥, 홍기영, 홍성복 등 모두 38명이었다.

또한 이 해 박권하의 『꿈꾸는 발레리나』(고려출판문화사, 1979)도 출간되었다.

한편, 1978년 8월에 김영배, 오완영이 이 지방의 수필동인들을 재규합하여 새로운 수필단체를 조직하였는데 이것이 현재까지 지속되는 〈대전·충남수필동인회〉의 전신인 〈충남수필예술동인회〉이다. 이들은 1981년부터 수필전문지 《수필문예》를 발간하기 시작하였는데 1989년까지 총 9호를 간행한 이 《수필문예》는 해를 거듭하면서 다양한 주제 선정과 편집으로 변화를 보였다. 즉 주제수필, 초대수필, 자유수필로 분류하여 해마다 다양하게 실었고 전국 규모의 세미나를 개최하고 다른 지방 수필가들의 작품을 초대석에 실은 것 등이 그것이다. 특히 주제 수필도 5호에 「내가 부르고 싶은 노래」, 6호에 「한밤에 띄우는 사연」, 7호에 「사랑 그리고 이별」, 8호에 「부모님 전상서」, 9호에 「고향의 모든 것」 등 다양하게 마련하고 있다.

이 시기에 이미 중앙문단에서 중견수필가로 활약중이던 김영배 이외에 이정구, 남상숙, 천영숙, 이지윤, 김동권, 문희봉, 최일순 등이 등단하여 활발한 활동을 시작하였다.

한편 이 시기에 간행된 수필집들과 그 내용은 다음과 같다.

1967년에 이미 4인 수필집 『사색의 연가』를 출간했던 송하섭은 1980년에 에세이집『어느 가난한 인생의 한나절』(창학사, 1980. 10), 1989년에 방송 칼럼집『행복을 위한 사색』(둥지, 1989. 4)을 세상에 내놓았다.

김재설은『눈덮힌 산하』(중앙문화사, 1981. 5), 1988년에는『석양의 여정(餘情)』, 그리고 1993년에는『세월의 그림자』(호서문화사, 1993. 3)를 연달아 펴냈다.

김영배는 1978년『정한 나무의 연륜』을 간행한 바 있고 1982년에 제2수필집『비둘기 하늘에 날을 때』(교음사, 1982. 12), 1983년 논픽션『아 영원한 그 목소리』, 1985년 제3수필집『정(情)과 한(恨)을 다듬는 소리』(교음사, 1985. 11) 등을 연달아 내놓았다. 섬세하고 아름다운 문체로 대상을 예리하게 통찰하여 형상화시키는 능력과 탁월한 직관력을 함께 갖추고 있는 김영배는 이 지역에서 독보적인 수필가로서의 자리를 굳건히 지키고 있다.

박권하도『윤회의 계절』(일신출판사, 1982),『침묵의 겨울바다』(일신출판사, 1984),『새벽의 강』(신문학사, 1986),『라일락 꽃가지에 초승달도 잠을 깨고』(시도출판사, 1989),『한송이 수선화같은 이름으로』(시도출판사, 1991) 등의 수필집을 정열적으로 연달아 내놓았다. 그는 백과사전적 재능과 예리한 안목을 함께 지니고 있는 수필가로서 감성 또한 풍부하다.

시와 수필을 함께 써온 이지윤은 1986년『혼자 있는 시간』(친우, 1986. 1), 그리고 1989년『둘이 있는 시간』(친우, 1989. 2)을 출간하었다.

홍재헌은 1987년 제3수필집『기뻐하며 사랑하며』(호서문화사, 1987. 7)를 회갑 기념으로 출간했다.

1985년에는 특이한 산문집이 간행되었다. 〈호서문학〉 동인들, 강나루, 김영배, 김용재, 신협, 안초근, 윤기한, 윤모돈, 임헌도, 장이두, 최학, 황명륜 등 11인이 엮은 산문집『동행인의 어떤 날』(나남, 1985. 10)이 그것이다.

1990년대는 대전 수필문단의 번영기에 해당한다. 이 시기에 간행된 수필집들은 실로 다양한 면모를 보인다.

김영배의 『사랑이 맞닿는 지평』(교음사, 1990. 7), 『강촌에 띄우는 사연』(교음사, 1995. 5), 『돌 하나도 짐이 될세라』(교음사, 2000. 3), 조종국의 『별을 바라보는 마음으로』(대교출판사, 1990. 12), 『계룡로의 아침』(도서문화사, 1994. 11), 강나루의 『그리움의 영마루에서』(분지, 1991. 11), 화문집(畵文集) 『정표장(情表狀)을 쓰면서』(분지, 1996. 9)가 출간되었고 홍재헌도 『사랑이 있는 풍경』(분지, 1992. 7), 『멀고도 먼길』(한성옵셋출판사, 1999. 11)을 간행하였다.

이정구의 자전적 에세이집 『돌이 되어 풀이 되어』(세기, 1993. 5), 박동규의 에세이집 『당신이 고독할 때』(미리내, 1994. 1), 박노선의 『반딧불의 노래』(오늘의문학사, 1996.), 윤승원의 『삶을 가슴에 느끼며』(농민출판사, 1993. 3), 『덕담만 하고 살 수 있다면』(유성, 1997. 10), 『우리동네 교장선생님』(대학문화사, 2000. 8)도 출간되었다.

다른 장르에서 활동하는 문인들의 수필집 간행도 이어졌다. 시인 배인환의 수필집 『하늘에서 숲에 비를 뿌리듯』(문경출판사, 1992. 12), 동화작가 정만영의 에세이집 『선생님, 갠 늘 환자예요』(대교출판사, 1992. 6), 동양화가 정명희의 화문집 『백두산에서 히말라야까지』(오원화랑, 1993)가 그것이다.

이 시기에 특징 중의 하나는 여성수필가들의 수필집들이 집중적으로 출간되었다는 사실이다. 이지윤의 『사랑하기 위하여 아름답게 산다』(자유시대사, 1992. 4), 『이제야 비로소 날개를 얻다』(자유시대사, 1998. 9), 최일순의 『지워질 발자국이라도』(교음사, 1993. 10)와 『시인의 눈』(대교출판사, 1996. 11), 이윤희의 『그리움이 감도는 계절』(교음사, 1993. 7), 『그리울 때 별을 헤고 외로울 때 에세이를 읽는다』(나라, 1999. 12), 윤월로의 『안단테로 걷는 산책들』(문예출판사, 1995. 11), 이행수의 『내 영혼속의 장미』(교음사, 1996. 11) 등이 그것이다.

1990년 《한국수필》에 「그 깊은 바닷속으로」로 등단한 강봄내는 요절한 여성수필가이다. 그는 짧은 작품활동으로 작품이 많지 않지만 섬세하면서 예리한 시각으로 사물과 대상을 꿰뚫어 보고 중후하면서도 감칠맛나는 어휘를 구사해 기대를 받고 있었는데 요절하고 말았다.

이 시기 대학 교수들의 수필집도 잇달아 출간되었다. 시인 최원규의 『꺼지지 않는 불꽃』(신원문화사, 1993. 7), 영문학 교수 윤기한의 서간집 『그 작은 행복 하나』(문경출판사, 1994. 11)와 생활문집 『저절로 나절로』(문원출판사, 1999. 5), 시인 홍희표의 산문집 『새천년이다』(문학아카데미, 1999. 7), 평론가 송백헌의 산문집 『행복은 별자리에서 떨어지지 않는다』(청동거울, 1999. 8)와 칼럼집 『유니버시티와 멀티버시티』(충대출판부, 2000. 2), 평론가 김병욱의 산문집 『먹감나무』(예림기획, 1999. 10) 등이 있다.

이 기간에는 방송국이나 문화기관과 단체에서 의외로 질높은 작품집들이 쏟아져 나온 것도 특징 중의 하나로 꼽을 수 있다. MBC라디오 제작팀은 전통있는 방송프로 〈여성시대〉에서 방송되었던 여성들의 작품들을 모아 엮은 『그래도 파랑새는 내 가슴에』(문원출판사, 1999. 8)를 펴냈고, 시내 각 대학에 부설된 사회교육원 수강생들의 작품집들이 다투어 간행되기도 했다. 뿐만 아니라 각 문화원이나 문화단체 유동기관 등에서 공모하거나 시행한 백일장 등의 수상작품집이 적지 않게 나왔다.

한편 이 기간에 국외여행이 자율화됨에 따라 기행수필집이 잇달아 간행되이고, 문인출신 교장이기나 글에 관심이 있는 노교장의 회갑 및 정년을 기리는 기념문집, 『황룡재를 넘어서』(구상회 정년기념 시문집, 호서문화사, 1994. 8), 『재우기와 비우기』(임강빈 퇴임기념문집, 오늘의문학사, 1996. 2) 등 10여 권의 문집이 간행되기도 했다.

V. 아동

대전 아동문학의 발아기는 1950년대이다. 그 이전에는 동시의 형식과 내용을 담은 동시다운 작품을 썼던 시인이 없었기 때문이다. 이 당시에는 국가나 사회적으로 6·25 전쟁의 상처가 워낙 커서 사회가 안정이 되지 않은 상태이고, 전쟁 피해 복구에 모두가 발벗고 나서고 있을 때라서 문학, 특히 아동문학에 대해서는 관심을 두고 있지 않았다. 다만 전란을 피해 대전에 머물고 있던 강소천, 윤석중, 김요섭 등과 교우하며 지내고 있던 정훈, 한성기, 박용래 등이 성인시를 쓰면서 동심의 세계를 다룬 몇 편의 작품을 쓴 것이 동시문학에 대한 관심의 시작이라고 하겠다.

이 시기에 동화에 대한 작품활동도 처음 시작되었다. 글짓기 지도교사들이 학생들의 작문을 지도하다가 서석규, 심경석, 장욱순, 지동환, 구진서 등이 중앙 일간지 신춘문예에 동화가 당선함으로써 우리 지방에 동화가 파종되었다고 할 수 있다.

서석규는 1955년 〈한국일보〉 신춘문예로, 심경석은 1958년 〈동아일보〉 신춘문예로, 지동환은 《소년》지에 동화가 추천되어 등단하였다. 장욱순은 1957년 〈평화신문〉, 1958년에 〈연합신문〉 신춘문예에 동화를 통해 등단하였는데 주로 환상적인 작품을 많이 썼다.

이들 모두 지금은 우리 지방을 떠나 외지에서 생활하고 있거나 사망한데 비해 구진서는 현재까지 계속 대전에서 생활해 오며 작품활동을 하고 있다. 그는 1959년 〈국도일보〉 신춘문예에 당선하고, 다시 1972년 〈조선일보〉에 동화로 당선했다.

60년대는 주로 초등학교 교사들이 아동문학에 대해 관심을 가졌다. 이 당시 대전과 충남의 초등학교에서 교편을 잡고 있으면서 글짓기 교사로 활동한 사람은 박철우, 송근영, 홍재헌, 민병성, 윤병혁, 전문표, 심재규, 장욱순, 도재희, 홍순태, 김완유, 조중귀, 김기화, 윤용병, 한상수, 구진서, 김영수, 배기덕, 변상호, 유종슬 등이다.

이들이 직접 아동문학가로서 활동한 것은 아니지만 글짓기를 학생들에게 지도하면서 그들에게 문학에 대한 흥미와 관심을 갖게 해 주었고, 이 학생들이 성장하여 아동문학을 이해할 수 있는 기초를 쌓게 하였다는데 그 의의가 있다.

이 시기 대전에서 아동문학 활동을 편 사람은 한상수, 김명순, 서재균, 성기정, 김일환, 이상기, 김미영 등이다.

한상수는 〈충남아동문학회〉를 구진서, 김영수 등과 결성하고 시화전, 세미나 등을 열어 동화문학을 활성화시키는 활동을 했고, 김미영은 1969년 〈한국일보〉 신춘문예 당선으로 등단했으며 대표작으로 「눈 오는 밤의 심부름」이 있는데 섬세하고 날카로운 감각의 묘사력이 문장 속에 반짝인다는 평을 받고 있다.

이 외에도 「메주콩」의 김명순, 죽음의 문제를 다룬 성기정, 「백운대 아저씨」의 이상기 등이 있지만 1960년대의 작가 중 지금까지 대전에서 생활하며 작품활동을 하고 있는 작가는 한상수와 구진서, 김미영 뿐이다.

1973년 7월, 글짓기 지도교사들이 주축이 되어 〈충남아동문학회〉가 조직되었는데 아동문학의 밤, 회원 시화전, 아동문학 세미나, 회지 《푸른 메아리》 발간 등의 활빌한 활농을 벌여 아동문학 인구의 저변 확대 및 아동무학에 대한 관심을 고조시키는 등 대진 아동문학사의 큰 획을 긋게 하였다.

1974년 김홍수가 대전 지역 최초로 〈동아일보〉 신춘문예 동시부문에 당선되어 시밧 부남에 신선히 효괴을 끝이넣써 수었다. 그러나 그 후로 그는 동시보다는 성인시로 활동함으로써 아동문학계로시는 이쉬움을 사시게 되었다.

이서인은 1974년 《월간문학》 신인상에 동시 「한약방 할아버지」가 당선되어 본격적으로 동시를 쓰게 되었는데 주로 우리 조상들의 얼이 담긴 생활을 노래하여 자라나는 어린이들에게 조상들의 슬기와 옛것을 사랑하는 마음을 갖도록 하고 있다. 그는 토속적인 서경을 묘사하는데 특별한 기능을 가지고 있으며 시어 하나하나가 깔끔하고 매끄러워 시적 정서를 높이고 있다.

지금은 서울에서 활동하고 있는 시인 유창근은 1972년에 《아동문학》 동시 부문에 추천되었고, 그 후로 문학평론 부문에도 당선하였는데 주로 우리 나라의 빈약한 아동문학 평론에 새바람을 일으켜 아동문학의 질적 수준을 높이고자 노력하고 있다.

1970년대 등단한 작가는 강선아, 권순하, 남궁경숙, 손수복, 이원구, 정만영, 주경희, 변상호 등이 있으나 현재 대전에서 활동하고 있는 작가는 정만영과 변상호뿐이다.

정만영은 대전을 대표하는 동화작가로 1974년 〈동아일보〉 신춘문예에 당선함으로써 등단하였다. 그의 대표작인 「별나라 왕자」는 지구인들의 마음씨가 점점 나빠져 삭막해지고 있을 때 시리우스별의 쩨리 왕자가 이들을 돕기 위해 지구로 와서 사악한 이들을 감동 순화시킨다는 내용이다. 그는 초기에는 농촌의 이야기를 많이 썼으나 점점 소재의 폭을 넓혀 도시나 우주의 이야기로 환상적인 내용의 동화를 많이 쓰고 있다.

변상호는 최문휘와 더불어 불모지나 다름없는 우리 지방의 아동극의 발전에 노력하고 있다. 그는 1972년 문공부 문예창작 공모 동극 부문에 「꽃자리 마을」이 당선되어 본격적으로 희곡을 쓰고 있다. 1073년 〈충남아동문학회〉 창립 멤버로 참여한 이래 줄곧 아동극본 분야에서 활동하고 있다.

1982년 〈경향신문〉 신춘문예 동시부문에 전영관이 당선되었고, 학교 교육 현장에서 어린이 글쓰기 지도교사로 활동하던 김영수가 1983년 《아동문예》 신인상으로 동시가 당선되어 본격적인 아동문학가로 활동하게 되었다.

계간 《아동문학 평론》, 월간 《아동문예》, 《아동문학》, 〈대전일보〉 등을 통해 문단에 많은 동화작가가 배출된 시기가 1980년대이다. 대전에서 임나라, 김영훈, 박진용, 남궁명옥, 최일순 등이 등단하였고, 충남에서는 김정헌, 이무, 이영, 이영두, 소중애, 이주승 등이 등단하였다.

김영훈은 1983년 월간 《아동문예》 신인상을 수상하여 등단한 작가로 대표작으로 「꿈을 파는 가게」가 있다. 박진용도 1983년에 월간 《아동문예》 신인상 동화부문에 당선되었다. 대표작으로 「우리들의 도깨비」가 있으며 그는 전원의 한가로운 풍경을 배경으로 할아버지 등이 등장인물로 자주 등장하며 구수한 인심 속에 풍기는 휴머니티가 고향의식 속에 잘 녹아있다.

이밖에 1984년 〈서울신문〉 신춘문예에 당선된 임나라, 1987년 《아동문학연구》 신인상에 당선한 남궁명옥 등이 있다.

1990년대는 지역신문인 〈대전일보〉 신춘문예와 월간 《아동문학》지 신인상 제도를 통하여 많은 동시인들이 배출된 시기이다. 이 시기에 문단에 등단하여 활발한 활동을 한 동시인으로는 송근영, 유창근, 유종슬, 박철우, 김숙자, 류인걸, 김두회, 이문희, 채정순, 이흥종, 김성자, 신천희, 하말숙 등이 있다.

1994년 월간 《아동문예》 신인상 동시부문에 당선하였고, 이어 1997년에 〈조선일보〉 신춘문예 동시부문에 당선한 이문희는 동시활동 뿐만 아니라 월간 《어린이와 문화》, 계간 《아동문학시대》 등의 발행인으로서 한국 아동문학의 발전을 위하여 일익을 담당하고 있다. 계간 《아동문학시대》는 2000년 3월에 창간되었는데 대전에서 발간되는 전국 대상의 아동문학지라는 데 커다란 의의가 있다.

1990년대에 등단한 동화 작가로는 임은열, 김진경, 신용숙, 김순란 등이 있고, 충남에는 신석근 등이 있다.

1989년 대전이 광역시로 충남과 행정구역이 분리됨에 따라 〈충남아동문학회〉도 〈대전아동문학회〉로 분리 되었고, 매년 여름 아동문학의 방향을 모색하는 아동문학 세미나를 개최하고, 회지 《푸른 메아리》를 발간하고 있다.

VI. 비평

이렇다 할 문예지나 동인지가 없다가 6·25 전쟁의 와중인 1952년 창간된 《호서문학》에 지헌영, 전향, 원영한 등이 간헐적으로 평론을 발표한 것이 대전 문학 평론의 시작이다. 1950년대 대전 지역에서 이루어진 비평 활동은 전문 비평가에 의한 풍부하고 다양한 비평 활동이라기보다 몇몇 창작 문인들에 의해 전개된 비평이었고, 그것도 본격적인 이론의 무장 없이 작품에 대한 개괄적 인상을 전하거나 내용의 소개에 그치고 마는 소박한 수준에 머물러 있었다.

1960년대 들어서면서 대전 지역 문인들의 공식적 활동은 1962년 결성된 〈예총충남지부〉 산하의 〈문협충남지부〉를 기반으로 이루어진다. 그렇지만, 그것은 외형적인 것일 뿐 실질적으로는 문인들 각자의 개별적인 활동이 주종을 이룬다.

1960년 〈대전일보〉에 「한국 현대시의 배경」을 연재했던 송하섭은, 비록 등단의 절차를 거치지는 않았지만 대전 지역에서 꾸준히 비평 활동을 전개해 왔다.

송백헌은 1967년 《현대문학》에 「김동리론」으로 초회 추천을 받고, 1974년 동지에서 「새타이어의 반성」으로 천료(薦了)한 평론가이다. 그는 1981년 충남대학교에 부임한 이래 농민 문학과 역사 소설에 학문적 관심을 기울이면서, 대전 지역의 평단에서도 《충남문학》이나 각종의 기관지들을 통해 비평 활동을 전개해 왔다.

1960년대(1970년대까지) 우리 나라의 평단은 참여 문학과 순수 문학, 강단 비평과 현장 비평, 이론 비평과 실천 비평 등의 대립 현상을 보인다. 이들 중 대전 지역의 비평 활동을 일별해 보건대 참여 문학이나 실험 문학에 관한 논의를 거의 찾아볼 수는 없다는 특징이 발견된다. 이런 점은 일종의 문학적 편식주의 양상이라 할수 있는데, 이렇게 된 데에는 여러 가지 이유가 있겠지만, 이 지역에서 창작된 문학자체의 특성과 동시에 지역 정서상의 특질이 함께 작용한 결과가 아닌가 싶다.

1970년대 이후 대전의 평단에서 또한 주목할 것은 강단 비평이 활발했다는 점이다. 대학 강단에서 교편을 잡고 있는 이른바 강단 비평가들은 현장 비평가들에 비해 이론적으로 심도 있는 평론 활동을 할 수 있다는 강점이 있다. 강단 비평의 성향이 짙은 글들이 많이 실린 《충남문학》 6집(1970년)에는 조남익의 「신동엽론」, 송하섭의 「비평의 반성」, 7집에는 송백헌의 「위장된 농민 문학」, 송하섭의 「폭로소설론」, 조남익의 「충남시단의 개관」, 8집에는 송백헌의 「농민문학의 이론」, 송하섭의 「비평노트」, 조재훈의 「소월시의 불교적 고찰」 등이 각각 실려 있다. 또한 9집에는 송하섭의 「서민 의식의 확대와 승화」, 이가림의 「샐린느의 문학공간」 등이 게재되었다.

이 무렵 「한국 현대시의 궤적」, 「한국의 문예부흥」을 발표한 불문학자 송재영이 《창작과 비평》 1971년 봄호에 초대 형식으로 「조지훈론」을 게재하면서 평론 활동을 시작하였고, 1970년 《월간문학》 신인상에 「영원회귀의 문학」으로 등단한 김병욱이 충남대학교에 부임하면서 신화 비평에 대한 강의와 비평이 대전의 평단에서도 이루어지게 되었으며, 시 평론에서는 현역 시인이자 충남대학교 교수였던 최원규와 오세영이 역사주의 비평과 형식주의 비평의 방법을 원용하여 활발한 평론 활동을 했다.

신춘문예와 《현대문학》, 《문학사상》, 《한국문학》 등 몇 개의 월간 문예지, 《창작과 비평》, 《문학과 지성》으로 대표되는 계간지 외에는 발표의 기회가 별로 없었던 이 시기에는 자연히 평론가의 수가 적을 수밖에 없었다. 그런 와중에도 시 비평 분야에서는 시인이면서 시평을 겸한 최원규, 소재훈 등이 활동했고, 소설 비평 분야에서는 송하섭, 송백헌 등이 꾸준히 대전 지역 평단에서 활동하였다. 이 시기 출판된 비평의 성과로는 최원규의 『한국근대시론고』(학문사, 1977), 송재영의 『현대문학의 옹호』(문학과지성사, 1979) 등이 있다.

1980년대 이후, 이전에 비해 등단 방법이 다양해졌지만 대전 지역 비평가의 경우는 대부분 문예지 신인상을 통해서 입문하였다. 1984년 리헌석이 「한국 현대 서사시의 새 지평」으로, 1985년 김영석이 「도덕 의식의 사물화」로 《월간문학》을 통해 등단했으며, 1986년 정진석이 「인간회복의 반문명시」로 《월간문학》을 통해 등단하였다. 신익호는 1985년 《현대문학》으로 등단하고 한남대학교에 자리를 잡으면서 지금까지 기독교 문학 비평에 깊이 천착하고 있다.

1980년대는 대학에 자리잡은 시인들이 많아졌다. 충남대학교의 신협, 손종호, 목원대학교의 홍희표, 대전대학교의 박명용, 정의홍 등이 시 창작뿐만이 아니라 강단 비평을 겸하고 있었다. 또한 이 시기 박사과정을 수료한 시인 양애경, 서정학, 이은봉, 김완하가 평단에 가세했고, 《우리문학》에 「현대소설에 투영된 시간인식」으로 등단한 임관수, 《문학예술》에 「생에 대한 양가적 반응」으로 등단한 정순진도 대전 평단의 진폭을 넓혀 주었다.

이 시기에 이루어진 성과물들은 최원규의 『한국현대시의 형상과 비평』(문학예술사, 1985), 『한국현대시론고』(예문관, 1985), 송백헌의 『한국근대역사소설연구』(삼지원, 1985), 『진실과 허구』(민음사, 1989), 송재영의 『문학과 초언어』(민음사, 1987), 리헌석의 『한국서사시의 신지평』(문경출판사, 1988), 『우리 시의 얼개』(오늘의문학사, 1993), 송하섭의 『한국현대소설의 서정성 연구』(단국대출판부, 1989) 등이 있다.

1998년 〈서울신문〉 신춘문예 평론부문에 당선하여 문단에 나온 박수연, 1998년 《현대시》로 등단한 이형권, 2000년 《창조문학》으로 문단에 입문한 김택중 등 젊은 평론가들이 최근 활발하게 활동하고 있다.

연구자들이 많이 배출된 1990년대에는 그만큼 양적으로 풍부한 연구서와 평론집이 간행되었다. 손종호의 『김광섭문학연구』(충대출판부, 1992), 정순진의 『김기림 문학연구』(국학자료원, 1991), 『한국문학과 여성주의비평』(국학자료원, 1992), 『글의 무늬 읽기』(새미, 1995), 홍희표의 『박목월 시의 연구』(문학아카데미, 1993), 박명용의 『한국 프롤레타리아 문학 연구』(글벗사, 1993), 『한국시의 구도와 비평』(국학자료원, 1996), 이은봉의『한국 현대시의 현실인식』(국학자료원, 1993),『실사구시의 시학』(새미, 1994),『진실의 시학』(1998, 태학사), 신익호의『문학과 종교의 만남』(한국문화사, 1996),『한국현대시연구』(한국문화사, 1997), 김완하의『한국현대시의 지평과 심층』(국학자료원, 1996), 송재일의『창과 거울』(한림원, 1997), 이형권의『한국현대시의 이념과 서정』(보고사, 1998),『현대시와 비평정신』(국학자료원, 1999), 김영석의『도의 시학』(민음사, 1999),『한국 현대시의 논리』(삼경문화사, 1999), 신웅순의『순응과 모반의 경계 읽기』(문경출판사, 2000), 송기섭의『몽상과 인식』(예림기획, 2000) 등이 그 평론집의 주요 목록이다.

평론가가 드물었던 대전 지역에도 최근들어 각 대학에서 박사 학위를 받은 젊은 연구자들이 배출되면서 평론에 관심을 가진 젊은 인재들은 많이 배출되고 있다. 〈풍향계〉 동인에서 활동하는 젊은 비평가들과 〈맥락과 비평〉 회원들이 그 대표적인 예이다. 그럼에도 불구하고 대전 지역의 현장 비평 활동이 활발하다고 말할 수 있는 형편은 아니다. 대전의 문인은 대전문협회원과 비회원을 합쳐 400여 명이고, 이 중에 시조 시인을 합하여 시인의 수는 200명에 가깝다. 숫자로도 월등한 시인들은 해마다 대략 50여 권의 시집을 내고 있지만, 창작의 이런 열기가 평론으로 곧바로 이어지지는 않고 있다. 현재 〈대전문협〉 평론분야 회원이 열 한 명인데, 그 수도 적지만 이들 평자들이 모두 지역 문인들의 작품에 관심을 가지고 있는 것도 아니며, 관심은 가지고 있다고 해도 평론으로 이어지는 데는 시간이 걸리다 뿐만 아니라 평론을 쓴다고 하더라도 그것을 발표할 만한 번번한 지면도 마련되어 있지 못한 실정이다.

요컨대 대전 비평 문학의 발전을 위해서는 평론가들이 낭내의 작품들에 애징을 갖고 관심을 기울여야 한다. 강단 비평을 한다는 핑계로 이미 문학사적 가치가 정리된 문인이나 작품을 대상으로 하는 경우, 평론이 가진 재창조의 기능을 충분히 발휘하기 어려울 것이다. 물론 그런 작업이 무의미한 것은 아니므로, 그런 작업을

해 나가면서도 대전 문단 중심의 현장 비평을 활발하게 진행해야 할 것이다.

나오면서

지금까지 대전의 문학사를 개괄적으로 서술하였다. 자료가 불충분할 뿐만 아니라 사적 기술을 하기에는 객관적인 거리가 부족하여 문학사라고 말하기에는 부족한 부분이 많음을 잘 알고 있다. 그러나 이러한 자료들이 축적될 때 훗날 객관적인 문학사 기술이 가능하리라 생각하여 감행하였다.

지방자치제가 실시된 지 거의 10년, 그 어느 때보다도 지역분권을 이야기하고 있는 목소리가 힘을 얻고 있다. 진정한 의미의 지역분권이 이루어지기 위해서는 정치나 경제의 분권만이 아니라 문화의 분권이 이루어져야 한다.

문학활동이야 혼자 하는 것이지 여럿이 모여 있다고 이루어지는 게 아니라고 말할 수도 있지만 지금은 지역적 특수성과 지역적 연대감을 통하여 그 나름의 문학공동체를 형성하는 지역문학운동이 필요한 시점이기도 하다. 지역 작가의 자율적 참여로 문학공동체가 활성화될 때에만 그 지역이 가진 특성이 작품으로 형상화될 수 있고 뛰어난 선배들을 접하면서 전통을 만들어가며 맥을 형성할 수 있기 때문이다.

발은 지구상의 한 점을 딛고 서있되 세계를 두루 바라볼 수 있는 시선을 가진 사람을 요구하는 시대가 아닌가. 같은 시대를 호흡하는 사람들의 꿈과 고통을 아름답고 절박하게 그려내는 작품을 기다리며 글을 맺는다.

참고문헌

김영배, 「대전 · 충남수필동호들의 발자취」, 《수필문예》 20호, 대전충남수필문학회,
      1999.

──────, 「대전수필문학소사」, 『대전문학선집 3』, 한국문협대전직할시지회, 1995.

김영수, 「대전아동문학사-동시편」, 『대전문학선집 3』, 한국문협대전직할시지회,
      1995.

김영훈, 「대전아동문학사-동화편」, 『대전문학선집 3』, 한국문협대전직할시지회,
      1995.

김용재, 「時論」, 《호서문학》, 1985.

리헌석, 『충남 문학평론 소고』, 《충남문학》 제19집, 1988, 「대전시단의 현주소」, 《대
      전시단》, 1989.

문덕수, 《세계예술대사전》, 교육출판공사, 1994. 9. 25.

박명용, 「충청문단 반세기」, 〈중도일보〉, 1994. 6~8.

──────, 「충남시단의 현장」, 《충남문학》, 1983. 11. 20.

──────, 『꽃잎파리는 떨어져 어디로 가나』, 글벗사, 1995.

──────, 『대전문학사』, 한국예총대전광역시지회, 2000.

박희신, 「호서문학 30년과 나」, 《호서문학》 5호, 1976.

손종호, 「대전시문학의 흐름과 특성」, 『대전문학선집1』, 한국문인협회대전직할시지
      회, 1995.

송백헌, 「내선분단사」, 《대전의 시 · 수필선》, 1996.

송석홍, 『호서문학회소사』, 《호서시선》 부록, 1974.

송하섭, 「대전의 소설문학 개관」, 『대전문학선집 2』, 한국문인협회대전직할시지회,

1995.

신익호, 「대전수필문학의 회고와 전망」, 《대전문화》 제7호, 대전직할시시사편찬위원
회, 1997.

이교탁, 「향토문단 40년」, 《충남문학》, 1980.

이도현, 「대전권 시조시단 50년사」, 『대전문학선집 3』, 한국문인협회대전직할시지
회, 1995.

정순진, 「대전 지역 비평의 흐름과 양상」, 『대전문학선집 4』, 한국문인협회대전직할
시지회, 1995.

조남익, 「대전시단 40년사」, 《시여 바람이여》, 1971. 5. 25.

최중호, 「대전충남수필문학회의 연혁」, 《대전문학》 제2호 , 한국문협대전지회, 1990.

하유상, 「동백시절」, 《호서문학》 5호, 1976.

편자 · **박명용**(朴明用)

충북 영동에서 출생하여 건국대를 졸업하고 홍익대학원에서 문학박사학
위를 취득했다. 《현대문학》에서 추천을 받았으며, 시집으로 『안개밭 속의
말들』 『꿈꾸는 바다』 『날마다 눈을 닦으며』 『나는 마침표를 찍고 싶지 않
다』 『바람과 날개』 『뒤돌아 보기 · 江』 『강물에 손을 담그다가』 『낯선 만년
필로 글을 쓰다가』 등 10권의 시집과 시선집 『존재의 끈』이 있고, 저서로
는 『현대시 해석과 감상』 『한국 프롤레타리아 문학 연구』 『예술과 인생』
『한국시의 구도와 비평』 『창작의 실제』 『상상의 언어와 질서』 『현대시 창
작법』 『현대 사회와 예술』 등과 편저로 『한성기시전집』 외 다수가 있다.
충남도문화상, 홍익문학상, 한성기문학상, 한국비평문학상, 한국문학상,
천상병시문학상 등을 수상했다.
현재 대전대학교 문예창작학과 교수로 재직중이다.

대전문학과 그 현장(하)

2005년 6월 20일 초판 인쇄
2005년 6월 25일 초판 발행

주 관 | 대전문인총연합회(회장 · 최송석)
편 자 | 박 명 용
펴낸이 | 한 봉 숙
펴낸곳 | 푸른사상사

등 록 | 제2-2876호
서울시 중구 을지로3가 296-10 장양B/D 701호
대표전화 | 02) 2268-8706~7 **팩시밀리** | 02) 2268-8708
메일 | prun21c@yahoo.co.kr / prun21c@hanmail.net
홈페이지 //www.prun21c.com
ⓒ 2005, 박명용

값 30,000원
ISBN 89-5640-346-5-03810

☞ 푸른사상에서는 항상 양서보급을 위해 노력하겠습니다.
저자와의 합의하에 인지 생략함.